JN325729

ACADEMIA SOCIETY 杉田 米行 監修　　NO.5

ハルキとハルヒ
村上春樹と涼宮ハルヒを解読する

土居 豊 著

大学教育出版

ハルキとハルヒ
― 村上春樹と涼宮ハルヒを解読する ―

目　次

序　章　あえて"日常"への回帰を求めた読者たち ……………………… 1

第1章　いま、村上春樹の『1Q84』を読むということ ……………… 5
　　1.『涼宮ハルヒの驚愕』と『1Q84』の類似性と相違　5
　　　（1）『ハルヒ』シリーズのあらすじ　5
　　　（2）第9作『涼宮ハルヒの分裂』について　6
　　　（3）最新作『涼宮ハルヒの驚愕』について　8
　　　（4）『涼宮ハルヒの驚愕』評　10
　　2. ミリオンセラー『1Q84』はラノベか？　11
　　　（1）ミリオンセラー『1Q84』はラノベか？　11
　　　（2）村上春樹『1Q84』について　12
　　　（3）村上春樹のカタルーニャ国際賞スピーチについて　14
　　3. 震災後、なぜ『涼宮ハルヒの驚愕』はミリオンセラーになったか？
　　　　　　　　　　　　　　　　　　　　　　　　　　　　　　18
　　　（1）ハルヒも被災地訪問　18
　　　（2）3.11後のいま、"終わりなき日常"を取り戻せるのは物語の中だけ
　　　　　　　　　　　　　　　　　　　　　　　　　　　　　　18
　　　（3）『涼宮ハルヒの驚愕』のテーマは愛　20
　　4. いまこそ『1Q84』を再読しよう！〜『1Q84』について〜　21

第2章　究極のハイブリッドアニメ〜『涼宮ハルヒ』論〜 …………… 26
　　1. マンガ・アニメとゲームで育った世代が生んだ『涼宮ハルヒ』　26
　　　（1）マンガ・アニメとゲームで育った世代が生んだ『涼宮ハルヒ』　26
　　　（2）映画『涼宮ハルヒの消失』評　27
　　　（3）アニメシリーズ『涼宮ハルヒの憂鬱』について　28
　　　（4）いとうのいぢによるハルヒのイラストについて　30
　　　（5）いとうのいぢはこう語った　31
　　　（6）キャラ誕生の秘密　33
　　2. ライトノベルとサブカル文化、そして日本SF　34

    3.『涼宮ハルヒ』と村上春樹の小説はハイブリッド作品　*41*
       （1）アニメにおけるハイブリッド作品・『涼宮ハルヒ』　*41*
       （2）村上春樹の小説はハイブリッド文学　*42*
       （3）ハルキワールドの元ネタ　*46*
    4. ハイブリッド作品と、メタフィクション的作風　*48*

第3章　ハルキとハルヒ？～村上春樹の小説とラノベ『涼宮ハルヒ』の共通点～
……………………………………………………………………*50*

    1.『涼宮ハルヒ』と村上春樹のキャラクターの共通点　*50*
       （1）ハルキとハルヒ？　*50*
       （2）『ハルヒ』と村上春樹作品のキャラクターの共通点　*52*
       （3）村上作品のキャラたちと『ハルヒ』のキャラとの共通点　*58*
    2.『ハルヒ』と春樹の文体～谷川流の村上春樹文体へのリスペクト～　*62*
       （1）村上作品の語り口と『ハルヒ』の語り　*62*
       （2）村上春樹の語り口　*63*
       （3）谷川流の語り口　*65*
    3. 村上作品のストーリーと『ハルヒ』のストーリー
         ～ストーリーの類似と違い～　*67*
    4. ハルキとハルヒに描かれた阪神間　*68*
       （1）ハルキとハルヒの風景の必然性
         ～「阪神間キッズ」としての村上春樹と谷川流～　*68*
       （2）ハルキとハルヒの時代設定の必然性　*72*

第4章　ジャパニメーションは関西生まれ？～アニメと文学と阪神間～ …*74*

    1. ジャパニメーションは関西生まれ？　*74*
       （1）ジャパニメーションは関西生まれ？　*74*
       （2）京都アニメーションについて　*78*
    2. メタフィクションの風土～関西発SF文学の伝統と春樹文学～　*83*
       （1）関西発SF文学の伝統　*83*

（2）日本SFの三大巨匠は関西生まれの関西育ち
　　　　　　〜小松左京の阪神間、筒井康隆の大阪、そして手塚の宝塚〜　*83*
　　3．ジャパニメーションの魅力とは？　*90*
　　　　（1）ジャパニメーションの魅力とは？　*90*
　　　　（2）ポケモンについて　*91*
　　　　（3）ゆるキャラについて　*92*
　　　　（4）関西発の物語の感性　*94*
　　4．京都と阪神間〜アニメで描かれる"失われた風景"と春樹の風景〜
　　　　　　　　　　　　　　　　　　　　　　　　　　　　　　　　95

第5章　アニメ『涼宮ハルヒ』の聖地・西宮
　　　　（2010年度『西宮文学案内』講演録より）……………… *98*

第6章　涼宮ハルヒと村上春樹文学〜西宮ゆかりの作品を読み解く〜
　　　　（2011年度『西宮文学案内・春季講座』より）……………… *112*

第7章　ハルキ VS ハルヒ〜村上春樹 VS 谷川流『涼宮ハルヒ』〜
　　　　（2011年度はびきの市民大学講座「村上春樹と12人のライバルたち」より）
　　　　……………………………………………………………………… *123*

第8章　ハルキとハルヒ〜二人の故郷喪失者〜 ……………… *130*
　　1．阪神間文学としてのハルキとハルヒを論じる　*130*
　　　　（1）地名と方言と風景　*130*
　　　　（2）作品舞台のフィールドワークについて〜聖地巡礼とは？〜　*132*
　　2．ハルヒとハルキ〜実際に描かれた風景〜　*137*
　　　　（1）ハルヒとハルキ〜実際に描かれた風景〜　*137*
　　　　（2）『ハルヒ』のモデルとなった土地のこと（インタビューによる補足）
　　　　　　　　　　　　　　　　　　　　　　　　　　　　　　　　139
　　3．失われた風景の意味　*141*

（1）　失われた風景の意味　　*141*
　　（2）　インタビューによる補足　　*143*
　　（3）　ハルヒの世界には阪神・淡路大震災はこなかった　　*145*
　4．『涼宮ハルヒの驚愕』と『1Q84』の比較〜佐々木と青豆〜　　*146*
　　（1）　佐々木の場合　　*146*
　　（2）　青豆の場合　　*148*
　　（3）　愛の自己犠牲による救済　　*149*

第 9 章　ハルヒとハルキ論〜まとめ〜 ……………………………… *153*
　1．ハルヒとハルキ論〜まとめ〜　　*153*
　　（1）　映画『涼宮ハルヒの消失』について　　*153*
　　（2）　谷川流が『涼宮ハルヒ』シリーズに込めた思い　　*155*
　　（3）　ハルヒとハルキ　　*160*
　2．震災後の今、日本が必要としている物語とはなにか？　　*163*
　3．日常が断ち切られたからこそ、過去へのノスタルジーが求められる

165

終　章　震災後もなお、ジャパニメーションと村上春樹作品が
　　　　　　　　　　　　　　　　　世界で享受されること ……… *172*

参考文献・参考 AV 資料 ……………………………………………… *179*

序章

あえて"日常"への回帰を求めた読者たち

　唐突だが、3.11のことから語り始めたい。
　愚息が、テレビに映る大津波と、押し流される町の悲惨な映像をながめながら、ぽそっとつぶやいた言葉が、奇妙に心から離れなかった。
「海底ポケモンがいたら、あんな津波すぐに止められるのになあ」
　津波を止めるポケモン？
「カイオーガっていう、海の神様のポケモンだよ。地震を止めるポケモンもいるよ」
　地震を止めるポケモン？
「グラードン。大陸ポケモンさ」
　ふうん。
　と、そのときは、聞き流したのだが、あとで、ふとその言葉が蘇ってきた。
　津波ポケモンがいたら、地震ポケモンがいたら。
　そうだ、アニメの世界では、こんな悲惨なカタストロフィは、止めようと思えば止められるのだ。
　あの直後、津波の映像は繰り返し世界中に流れ、拡散した。そのため、ジブリアニメの名作『崖の上のポニョ』がまず放映できなくなった。なぜなら、あのアニメ映画には、大津波で主人公たちの漁師町が水没するシーンがあるからだ。
　3.11の東日本大震災と大津波に引き続いて起きた東京電力福島原発事故に

より、その後、放射能を描いたSF作品も、放送が自粛され、ケーブル放送では「放射能を扱った映像ですが…」という趣旨の注意書きが提示されるようになった。

　また、大震災にも原発事故にもまったく関係のなさそうなテレビアニメ『ポケモン』も、放送延期になったという。

　その一方、震災後のニュース報道番組一色のTVで、テレビ東京系がアニメ番組を通常通り放映したとき、子どもたちがどれほど喜び、安心したか、計り知れない。そのアニメ放映へのクレームもあったようだが、実際の子どもたちや子育て中の親たちの声をきくとき、「不謹慎」という自粛の姿勢の不自然さが浮き彫りになった。

　こういう自粛圧力で、一番被害を被ったのは、子どもたちである。

　実際、3.11の大災害直後の異常な緊張感に、子どもたちは、みるからにナーバスになっていった。そんな子どもたちも、普段通りのアニメを観ると、たちまち表情がゆるんで、心の平衡を取り戻すのがわかった。

　繰り返し、繰り返し、TV画面で悲劇的なカタストロフィ映像をみせられ、阿鼻叫喚の悲鳴をきかされると、子どものみならず、大人の我々でも、心のバランスが崩れていく。

　そういうとき、ほんのつかのまでも、アニメをながめている時間は、心に効いた。なにげないアニメのシーンで、とくに意味もない場面のはずなのに、無性に涙が出てしまうこともあった。

　3.11後、とくにネット上の言説では、「終わりなき日常が終わったのだ」という発言が頻出した。「ついにでかい一撃がきた」という、カタストロフィ願望の実現を目の当たりにして、これまでのいわゆる"世界系"の幻想は吹き飛んだのだ、という言説である。3.11後の世界では、ゆるい日常のぬるま湯にひたって現実を否定する態度は、もはやありえないのだ、ということが語られた。

　しかし、本当にそうだろうか？

　むしろ、カタストロフィ後の世界にあって、かつてのゆるい日常がいかに大切なものだったか、そのかけがえのなさが初めて心底実感されたのではないだ

ろうか？

　その名も『日常』というタイトルのテレビアニメが、3.11後に放映開始された。その放映PRポスターを、震災後の新宿駅東口でみかけた。その絵柄は、制作会社の角川書店が、明らかに意識的に"日常"への回帰を呼びかけたものにみえた。それは、震災後、非日常的な危機的状況に圧倒されていた日本人に、本来のかけがえのない日常を取り戻す一歩を踏み出させようという思いが込められたようだった。

　ところで、村上春樹は、スペインのカタルーニャ賞受賞のコメントとして、3.11後の日本、そして世界に向けて明快に「脱・原発」の立場を語った。

　そのスピーチの内容は、話題作『1Q84』で描かれたテーマと完全に重なるものではない。しかし、少なくとも、「卵と壁」の比喩で有名になったエルサレム賞受賞スピーチとの平仄は合っている。ノーベル文学賞候補の村上春樹がスピーチした言葉は、海外ニュースで大きく取り上げられ、日本国内でも、一時、あるいは首相の言葉以上に大きくニュースでピックアップされていた。

　3.11後の世界にあって、もはや日本は、ものを売り出すのではなく、コンテンツを売るしかないような立場に追い込まれつつある。

　その現状をみるなら、文学における村上春樹のようなメガヒットは、今後の日本の方向性を示唆しているように思える。

　一方では、3.11後の6月、ライトノベルのヒット作であり、アニメシリーズもメガヒットとなっている谷川流の『涼宮ハルヒの驚愕』が発売され、たちまちミリオンセラーを達成した。3.11後に語られるべき物語の一つとして、『涼宮ハルヒの驚愕』があえて発売され、その物語を多くの読者が受け入れたことは、とても興味深い。たとえていえば、震災前の世界を代表する『1Q84』の物語に対して、『涼宮ハルヒの驚愕』が3.11後の世界を代表する物語であるともいえるだろう。

　村上春樹の語る『1Q84』の物語の中では、神のごとき存在であるリトルピープルたちは脇役、あるいは狂言回しにすぎず、中心にあるのは、青豆や天吾など、人間たちの生き様の物語である。

　同じように、『涼宮ハルヒの分裂』『涼宮ハルヒの驚愕』連作において、物語

の中心は世界の分裂とその再結合そのものにあるのではなく、あくまでハルヒとキョンなど高校生たちの揺れ動く心の物語が、中心にある。

つまり、『1Q84』も、『涼宮ハルヒ』も、SF的ではあるが、あくまでSF小説ではない。軸足は、人物の心情や行動を物語るところにあり、そのための方法として、SF的展開が使われているだけだ。

本書の各章では、この"震災前の1Q84"と、"震災後のハルヒ"という仮説について、いくつかの角度から考えていきたい。

ただ、ここでひとつ、ことわっておきたいのは、単に"ハルキの小説"や、『ハルヒ』のようなアニメを売って、世界にクールジャパンをアピールすればよいという単純なことではない、という点だ。

なぜハルキなのか、なぜハルヒなのか？ という疑問を考える時、その両者の共通項が、意味をもって浮かび上がるのだ。

その共通項、それは、どちらも"震災の来なかった世界"を描く物語、だということである。

第1章

いま、村上春樹の『1Q84』を読むということ

1.『涼宮ハルヒの驚愕』と『1Q84』の類似性と相違

(1)『ハルヒ』シリーズのあらすじ

まず初めに『涼宮ハルヒ』シリーズ第1作から第9作までのあらすじをたどってみよう（角川書店HPより）。

第1作『涼宮ハルヒの憂鬱』
校内一の変人・涼宮ハルヒが結成したSOS団（世界を大いに盛り上げるための涼宮ハルヒの団）。ただ者でない団員を従えた彼女には、本人も知らない重大な秘密があった!? 第8回スニーカー大賞〈大賞〉受賞作登場！

第2作『涼宮ハルヒの溜息』
季節は文化祭のシーズン。ありきたりな"お祭り"では飽き足りない涼宮ハルヒはSOS団の面々を使いまくり、自主映画の制作を開始する。当然のごとく、ハルヒの暴走はとどまることをしらず……。超話題作の第2弾!!

第3作『涼宮ハルヒの退屈』
涼宮ハルヒの「退屈」の一言で、野球チームを結成し、七夕祭りに盛り上がり、行方不明者捜索に駆り出され……ついに殺人事件に巻き込まれた俺には、退屈なんて言い出すヒマも無いさ――。大人気シリーズ第3弾登場!!

第4作『涼宮ハルヒの消失』
　クリスマス目前の、あの日の朝、何かがおかしい感じがしたんだ。いつもの教室、いつもの席。だけど俺の後ろの席にハルヒはいなかった——。ビミョーに非日常系学園ストーリー、衝撃の第4巻！　キョンの苦難は続く!!

第5作『涼宮ハルヒの暴走』
　思えばハルヒに振り回された一年間だったわけだが、遊びすぎな夏休み、パソコン部の逆襲、そして命懸けの冬休みまで味わった俺は、来年の苦労を思うと封印した言葉が出そうになるよ……。絶好調シリーズ第5弾！

第6作『涼宮ハルヒの動揺』
　文化祭でしでかしたあの出来事が原因で唯我独尊直情径行な涼宮ハルヒが動揺するというのは、まあひとことで言えば感慨深い。まだまだコイツには俺でも知らない一面があるということか——。大人気シリーズ第6弾！

第7作『涼宮ハルヒの陰謀』
　残りわずかな高一生活をのんびりと過ごすはずだった俺の前に現れたのは、8日後の未来から来た朝比奈さん!?　しかもこの時間へ行くように指示したのは俺だというのだ。8日後の俺よ、いったい何を企んでるんだ!?

第8作『涼宮ハルヒの憤慨』
　三学期も押し迫ったこの時期に、俺たちへ生徒会長からの呼び出しが。会長曰く、生徒会はSOS団の存在自体を認めない方針を決めたらしい。ちょっと待て。そんな挑発にハルヒが黙っている理由はありゃしないぞ——。

第9作『涼宮ハルヒの分裂』
　ライトノベルの先頭で暴走する大人気シリーズ第9弾！春の訪れと共にSOS団全員が無事進級できたことは、何事もありすぎた一年間を振り返ってみると感慨深いとしか言いようがないのだが、俺は思ってもみなかったよ。春休みの些細な出会いがあんな事件になろうとはね。

（2）第9作『涼宮ハルヒの分裂』について
　谷川流のハルヒシリーズ9作目『涼宮ハルヒの分裂』は、それまでのシリーズの中でも、画期的な作となった。
　第一に、主人公のキョンとハルヒ、SOS団の面々が、学年が上がって2年

生になったことに注目したい。

　それのどこが画期的かというと、従来の学園もの（SF系であれ、日常系のものであれ）のお約束として、2つのパターンに分かれるのだが、『ハルヒ』シリーズが学年進行を選んだからだ。主人公たちが時系列に沿ってきちんと学年を上げていくストーリーの場合と、高橋留美子の『うる星やつら』のように、学年クラスの進行は停止したまま、季節だけがめぐっていくストーリーの場合とでは、物語世界の構造が根本から異なるのだ。

　実際、『ハルヒ』の場合、これまで必ずしも時系列順にストーリーが進んできたわけではない。だから、あえて学年進行のストーリーにしなくても、『うる星やつら』式にどこまでも学園生活を描くパターンにすることも可能だった。

　つまり、『涼宮ハルヒの分裂』で、ハルヒの学年が上がったことで、『ハルヒ』のストーリーは否応なく、主人公のハルヒたちの成長と、周囲の変化を描いていくことになる。

　ハルヒは、高校2年生になり、当然、後輩ができることになる。人気キャラの一人、朝比奈みくるは、3年生となるので、いずれはSOS団から去ることになる。このように、レギュラーキャラが高校からいなくなるような変化は、必然的に、『ハルヒ』のストーリーそのものを大きく揺るがすことになる。

　その具体的な現れとして、この『涼宮ハルヒの分裂』ではさっそく、SOS団の新入生入団テストが描かれ、それが後の物語の大きな伏線ともなっている。

　また、朝比奈みくるがやがていなくなることを本人も意識しているのか、この物語では、彼女のスタンスや描かれ方が、これまでになく物語の中心から離れていっている。朝比奈みくるの存在感の低下と反比例して、長門有希の存在感がこれまでになく大きくなり、さらに新キャラが次々投入されることで、物語はシリーズの流れから大きく逸脱し、まさに新展開をみせていくのだ。

　ところで、『涼宮ハルヒの分裂』は、本来、次作の『涼宮ハルヒの驚愕』とセットで書かれている。このストーリーは、その後長く中断したままになり、実に4年ものブランクをへて、『涼宮ハルヒの驚愕』（前）・（後）に引き継がれ

ることとなった。

（3） 最新作『涼宮ハルヒの驚愕』について

あらすじを示す。

　　　（前）長門が寝込んでいるだと？ 原因は宇宙人別バージョンの女らしいが、どうやらSOS団もどきのあの連中は俺に敵認定されたいらしい。やれやれ、勘違いされているようだが、俺もいい加減頭に来ているんだぜ？
　　　（後）ハルヒによるSOS団入団試験を突破する一年生がいたとは驚きだが、雑用係を押しつける相手ができたのは喜ばしいことこの上ないね。なのに、あの出会い以来、佐々木が現れないことが妙にひっかかるのはなぜなんだ？　　　（角川書店HPより）

　『涼宮ハルヒの驚愕』は、『涼宮ハルヒの分裂』の続きなので、実際のところ、『分裂』から続けて読まないと物語はつかめない。
　そのストーリーは、『ハルヒ』シリーズのこれまでの物語から大きく逸脱し、主人公たちが内面的にも変貌していくことになる。その変化を促すきっかけは、前段で述べたように、主人公たちの学年を1つ進ませて、否応なく立場を変化させてしまったことである。また、新キャラをたくさん登場させて、SOS団の存続を揺るがす事態を起こした点も大きい。
　新キャラの中でも、もっとも大きな存在は、佐々木である。
　佐々木は、物語の中で徐々に明らかになるように、ヒロインのハルヒにとってかわるほどの存在である。彼女は、文字通り、キョンにとってハルヒ以上に親しかった女性で、再会した今も、ハルヒのかわりにキョンの心を奪う可能性をもつ。しかも、物語の中では、「佐々木がハルヒの代わりになる」という計画自体が、世界の命運を握ることになっていく。
　その佐々木だが、実はハルヒとの因縁があったことなどもだんだんとわかってくる。キョンとのからみも、ハルヒとのきわめて淡い恋愛模様とは違って、はっきりとお互いの内面に踏み込んだやりとりが交わされ、いかにも高校生同士の恋愛描写となっている。
　けれど、多くの中学生カップルが、違う進学先に分かれたことが原因で次第に疎遠になるように、キョンと佐々木も、本人同士は互いに否定しながら、中

3のときの親密な関係を、いまさら復活させることができない。

　キョンとハルヒの場合の、言葉の少ない意思のやりとりとは正反対に、キョンと佐々木の間には、過剰なまでの言葉のやりとりがある。しかし、それぞれの言葉の裏にひそませた想いを、互いに気づきながらも、その感情を言葉でごまかして、ついに肝心の一言を言わないままに、二人は中学生のときの関係を思い出に封印して、別れていく。

　ハルヒとキョンの恋愛模様は、いかにもお約束のように、言葉はなくとも心は通い合っている、さりげなくも確かな関係が確立されている。

　それに比べて、キョンと佐々木の恋愛模様は、『ハルヒ』シリーズの中では初めて、もどかしくもせつない恋心というものが、いかにも高校生同士の無器用さで描き出されていて、すぐれた青春恋愛小説のお手本のように読める。

　そのような恋愛ストーリーをベースにしながら、物語そのものは、これまた『ハルヒ』シリーズにかつてなかったスケールで展開される。宇宙を二分する異星の勢力争いを縦糸として、未来人同士の戦いを横糸に、時空を文字通り揺るがす戦いが描かれるのだが、その主役たるべきキョン自身も、世界もろとも2つに分裂したまま、パラレルストーリーが同時進行する、という、実に気宇壮大な小説だ。

　クライマックスの盛り上がりと同時に、伏線が見事に回収され、結末になだれこむストーリーテリングの力技は、この作家の実力をいかんなく発揮している。

　発売直後から、いや発売前から話題となっていた『涼宮ハルヒの驚愕』だが、売り上げが『1Q84』をたちまち追い抜いたことで、ますます話題の小説となっていった。国際的にも、版元のとった各国同時発売という戦略が功を奏したのか、海外のハルヒファンの間で大いに話題となっていたようだ。

　ついでながら、次の拙文は、『涼宮ハルヒの驚愕』刊行直後に、筆者がブログで発表した書評である。最速のレビューとしては、文芸評論家の大森実氏に遅れたが、二番目に出た『涼宮ハルヒの驚愕』レビューだと自負している。

（4）『涼宮ハルヒの驚愕』評

　長らく刊行が待たれていた谷川流の『涼宮ハルヒ』シリーズ最新刊『涼宮ハルヒの驚愕』が25日、発売され、さっそく読んでみた。
　すでにスニーカー誌上でその冒頭が先行掲載されていたとはいえ、(前)(後) 2冊にボリュームアップされた物語は、期待を裏切らない完成度だった。
　この人気作は、"終わりなき日常"を賛美してやまないノスタルジックな青春ストーリーである。したがって、物語がこの最新刊で完結するのかどうか？ が最大の気がかりだろう。そのラストは、まさに「驚愕」のシーン、といいたいところだ。
　さて、内容のネタバレは避けるが、前作の『涼宮ハルヒの分裂』から、このシリーズは新たな展開に入ってきた。それは、新しく主役級のキャラクターが登場してきたことと、ストーリー構成を思い切り大胆に、趣向をこらしていることだ。
　新しいヒロインの1人、佐々木は、今回の新作でも、予想通り重要な動きをみせ、ストーリーは意外な展開をたどる。『涼宮ハルヒの陰謀』から登場してきた未来人も、今回、キープレーヤー的に位置づけられている。
　さらに、前作から試みられている、一つの時空をα軸とβ軸に文字通り分裂させ、パラレルストーリー的に構成した物語は、最終的に見事な結末へとなだれこんでいく。
　その物語手法は、まるで村上春樹の『1Q84』をほうふつとさせるのだ。
　しかし、この作品の魅力は、なんといっても、主要キャラクターたちの生き生きとした描写にある。ハルヒとキョンの仲はどうなるのか？ 前作で病に倒れた長門の運命は？ 朝比奈さんや古泉はどう動くのか？
　おそらく、このシリーズが愛されている最大の理由は、メインキャラたちが変わらない個性を発揮しながらも、少しずつ人間的な成長を遂げていく、という、キャラクターものの王道を歩んでいる点にあるのだ。
　"終わりなき日常"を描きながらも、学園青春ものの宿命として、主役たちは学年を上がり、着実に大人への階段を登っていくことになる。このシリーズの白眉は、"終わりなき日常"が、いつの間にか確かに変化して、同じ世界が、

ほんの少し変わってみえる一瞬を、見事にとらえているところにある。

　奇しくも、3.11を境に、"終わりなき日常"だったはずの生活が一変したこの国で、それでも"日常"を生きていくことの大切さとすばらしさを、この小説は表現しているのである。

　震災後のいまこそ、この小説を読んでみてほしい。おそらくは、失われた過去への愛惜と、見慣れた現在の日常への愛着をともに噛みしめるような、上質の読後感を味わうことができるはずである。

2.　ミリオンセラー『1Q84』はラノベか？

（1）　ミリオンセラー『1Q84』はラノベか？

　さて、一方、村上春樹のミリオンセラー『1Q84』だが、2009年のBOOK1の発売以来、不動の人気ぶりで、BOOK3が刊行されたあと、おそらくはBOOK4が書き継がれているといううわさがあとをたたない。

　『1Q84』と、『涼宮ハルヒの驚愕』、この2作は、国内では、並べて論じられたことがない。

　しかし、筆者のみるところ、この2作は、まるで双生児のように似ているし、それも、『1Q84』を谷川流が意識したと思われる箇所がいくつもある。

　それだけでなく、『1Q84』がまだBOOK3で完結とは限らないところから、『1Q84』の今後の展開によっては、『涼宮ハルヒの驚愕』と『1Q84』の関係が、さらに明らかになる可能性も残されている。

　少なくとも、BOOK3の段階では、『1Q84』は壮大なスケールのボーイ・ミーツ・ガールであり、その点では、『涼宮ハルヒの驚愕』も同じなのだ。

　「愛が世界を救う」という、正統的なテーマを、3.11後の日本の情況の中で、声高に訴えるのは、勇気がいることだ。しかし、物語の形であれば、そういうストレートなテーマが、いまほど求められたことはかつてない、と思える。

　3.11以来、日本では、愛と勇気の物語が、戦後初めてといってよいほど、切実に求められている。

だからこそ、『1Q84』も、『涼宮ハルヒの驚愕』も、ジャンルや読者層の違いを超えて、あれほど多くの読者を得ることになったのだ。

（2） 村上春樹『1Q84』について

　小説『1Q84』は、複数の物語が同時進行する複雑な構成になっているが、ストーリーの基本ラインはシンプルで、それは主人公の二人、天吾と青豆が再会するボーイ・ミーツ・ガール・ストーリーである。

　BOOK1の冒頭、ヒロインの青豆は首都高速上のタクシーの中で、カーラジオから流れるヤナーチェックの『シンフォニエッタ』を聴きながら、自分が奇妙な世界に足を踏み入れていることに気づく。そこは、前にいた1984年の日本と、限りなく似ているが、微妙な差異の認められるもう一つの世界だった。青豆は、いま自分がいるところを1Q84世界と名付ける。

　一方、1Q84世界には、青豆の初恋の相手である青年、天吾が、小説家志望の予備校数学講師として生活している。主人公の一人、天吾は、編集者の誘いで、深田絵里子、通称"ふかえり"という女子高生の応募作を芥川賞受賞させる陰謀に加担することになった。そこでふかえりと会って話をするうち、天吾は、ふかえりの語るリトルピープルという謎の存在のことを知るようになる。

　BOOK1からBOOK2まで、ストーリーは青豆の視点と天吾の視点が交互に交代しながら、もう一つの現実である1Q84世界での、謎の宗教団体とその黒幕であるリトルピープルをめぐって、ふかえりの小説『空気さなぎ』が芥川賞候補となったり、青豆が謎の宗教団体の教祖と対決したり、めまぐるしく展開していく。その挙句、青豆は天吾がこの世界にいて、自分を探していることを知り、天吾の命を救うことと引き換えに拳銃自殺しようとする。

　ところが、BOOK3では、青豆は自殺直前、不思議な声の導きで、自殺を思いとどまり、天吾を待ちつづけることを決心する。その原因は、青豆が性交ぬきで妊娠していたという神秘現象にあった。

　BOOK3からは、第3の視点として、牛河というエージェントが活動し、リトルピープルと謎の宗教団体、そして青豆と天吾のことを探っていく。ストーリーは、青豆と天吾が再会できるかどうか、という点に集約され、天吾の父親

とのエピソードや、牛河自身の運命の変転を経て、ついに天吾と青豆は再会を果たすことになる。二人は、1Q84世界から脱出し、元の世界か、あるいは新たな世界に移動して、互いの愛を誓い合う。

こうして、幼いころに一度だけ手を握り合った、初恋の二人は、不思議な別世界でめでたく結ばれ、ハッピーエンドのうちに幕となる。

『1Q84』について、作者の村上春樹自身は、ドストエフスキーの『カラマーゾフ』のような総合小説を目指しているということを、インタビュー等で述べている。いまのところ、BOOK3で完結しているが、続きが書かれているという噂はあとをたたない。また、作者自身が、まだ続きを書きたいという意志を表明してもいる。

ドストエフスキーの『カラマーゾフ』は、周知のように、第1部で終わっているが、本当は、書かれなかった第2部をドストエフスキーは構想していたという。そこでは、主人公アリョーシャがなんと皇帝暗殺のテロリストとなっているということなのだが、もしこれが書かれていたら、『カラマーゾフ』は、現在のものとは非常に異なる印象の大長編大河小説となっていたかもしれない。

『1Q84』がもし、『カラマーゾフ』を目指して書き継がれるとしたら、いったんはハッピーエンドを迎えた青豆と天吾のカップルに、更なる苦難が降りかかることになるのだろう。そうなれば、今の3部作としての印象を、大きく覆して、おそらくは大長編冒険小説的な雰囲気になっていくだろう。

なにしろ、回収されないままの伏線が多いし、牛河の死体から発生したリトルピープルたちが、どういう動きをみせるのか、また牛河を殺したタマルの、その後の動きはどうなるのか、など、主人公のカップルを襲うであろうものたちが、いくらでもいるからだ。

それはともかく、『1Q84』の場合、物語自体のもつ広がりが、現在の日本の現状や、世界の情勢を呑み込んで、仮想の未来を想像させるほどのスケールと深さを備えていて、きわめて遠い射程をもっているといえる。

だから、『1Q84』に含有されたさまざまな示唆や予言的な記述は、これからの我々の生き方を、改めて考え直させるほどの力を秘めているともいえる。

(3) 村上春樹のカタルーニャ国際賞スピーチについて

　一方、それに比べて、作者自身が生の言葉で語った、カタルーニャ賞受賞スピーチのメッセージは、自身の小説の言葉がもつ力より、はるかに弱いといわざるをえない。

　村上春樹がカタルーニャ賞授賞式で語った言葉は、一時、世界中のネット映像で流れていたし、日本ではニュースで大きくとりあげられた。

　けれど、それらの言葉は、残念ながら、日本の国民や政治に、大した影響は与えていないし、世界的に長く語り継がれるスピーチとはならないようだ。

　ここにみられるのは、作家の生の言葉と小説の言葉では、小説の方がずっと強い、ということだ。小説家の言葉というものは、生の演説の場合より、小説としての言葉の方がずっと息が長く、射程も長い、ということなのだ。

村上春樹さんのカタルーニャ国際賞スピーチより（毎日新聞2011年6月11日）
　（前段省略）僕が語っているのは、具体的に言えば、福島の原子力発電所のことです。みなさんもおそらくご存じのように、福島で地震と津波の被害にあった六基の原子炉のうち、少なくとも三基は、修復されないまま、いまだに周辺に放射能を撒き散らしています。メルトダウンがあり、まわりの土壌は汚染され、おそらくはかなりの濃度の放射能を含んだ排水が、近海に流されています。風がそれを広範囲に運びます。
　十万に及ぶ数の人々が、原子力発電所の周辺地域から立ち退きを余儀なくされました。畑や牧場や工場や商店街や港湾は、無人のまま放棄されています。そこに住んでいた人々はもう二度と、その地に戻れないかもしれません。その被害は日本ばかりではなく、まことに申し訳ないのですが、近隣諸国に及ぶことにもなりそうです。
　なぜこのような悲惨な事態がもたらされたのか、その原因はほぼ明らかです。原子力発電所を建設した人々が、これほど大きな津波の到来を想定していなかったためです。何人かの専門家は、かつて同じ規模の大津波がこの地方を襲ったことを指摘し、安全基準の見直しを求めていたのですが、電力会社はそれを真剣には取り上げなかった。なぜなら、何百年かに一度あるかないかという大津波のために、大金を投資するのは、営利企業の歓迎するところではなかったからです。

　以上のような、村上春樹の福島原発事故への手厳しい意見表明は、国内でのニュースで大きく取り上げられ、反響を呼んだ。この意見に対する反応は、賛

否両論あったが、基本的には、賛同の方が多かったように思える。以下、同じスピーチから続ける。

 また原子力発電所の安全対策を厳しく管理するべき政府も、原子力政策を推し進めるために、その安全基準のレベルを下げていた節が見受けられます。我々はそのような事情を調査し、もし過ちがあったなら、明らかにしなくてはなりません。その過ちのために、少なくとも十万を超える数の人々が、土地を捨て、生活を変えることを余儀なくされたのです。我々は腹を立てなくてはならない。当然のことです。
 日本人はなぜか、もともとあまり腹を立てない民族です。我慢することには長けているけれど、感情を爆発させるのはそれほど得意ではない。そういうところはあるいは、バルセロナ市民とは少し違っているかもしれません。でも今回は、さすがの日本国民も真剣に腹を立てることでしょう。
 しかしそれと同時に我々は、そのような歪んだ構造の存在をこれまで許してきた、あるいは黙認してきた我々自身をも、糾弾しなくてはならないでしょう。今回の事態は、我々の倫理や規範に深くかかわる問題であるからです。
 ご存じのように、我々日本人は歴史上唯一、核爆弾を投下された経験を持つ国民です。1945年8月、広島と長崎という二つの都市に、米軍の爆撃機によって原子爆弾が投下され、合わせて20万を超す人命が失われました。死者のほとんどが非武装の一般市民でした。しかしここでは、その是非を問うことはしません。

このように、村上春樹が受賞スピーチで語った言葉の中で、印象的だったのは、「さすがの日本国民も真剣に腹を立てることでしょう」という部分だ。村上春樹が日本人の性質を熟知した上で、今回ばかりは、多くの日本人が堪忍袋の緒を切っただろう、と考えているわけだ。

しかし、一方で、村上春樹は、日本人に苦言を呈することも忘れない。「我々自身をも、糾弾しなくてはならないでしょう」という部分がそうだ。

 （承前）広島にある原爆死没者慰霊碑にはこのような言葉が刻まれています。「安らかに眠って下さい。過ちは繰り返しませんから」
 素晴らしい言葉です。我々は被害者であると同時に、加害者でもある。そこにはそういう意味がこめられています。核という圧倒的な力の前では、我々は誰しも被害者であり、また加害者でもあるのです。その力の脅威にさらされているという点においては、我々はすべて被害者でありますし、その力を引き出したという点においては、またその力の行使を防げなかったという点においては、我々はすべて加害者でもあり

ます。

　そして原爆投下から66年が経過した今、福島第一発電所は、三カ月にわたって放射能をまき散らし、周辺の土壌や海や空気を汚染し続けています。それをいつどのようにして止められるのか、まだ誰にもわかっていません。これは我々日本人が歴史上体験する、二度目の大きな核の被害ですが、今回は誰かに爆弾を落とされたわけではありません。我々日本人自身がそのお膳立てをし、自らの手で過ちを犯し、我々自身の国土を損ない、我々自身の生活を破壊しているのです。

　このように、「我々は被害者であると同時に、加害者でもある」という村上春樹の主張は、ある意味、非常にイデオロギー的だといえる。広島・長崎への原爆投下の是非を論じるためには、当然、第二次世界大戦の戦争責任をめぐる歴史解釈の判断を避けては通れない。村上春樹の立場は、明らかに日本の戦争責任を問うものだと思える。

　（承前）我々日本人は核に対する「ノー」を叫び続けるべきだった。それが僕の意見です。我々は技術力を結集し、持てる叡智を結集し、社会資本を注ぎ込み、原子力発電に代わる有効なエネルギー開発を、国家レベルで追求すべきだったのです。たとえ世界中が「原子力ほど効率の良いエネルギーはない。それを使わない日本人は馬鹿だ」とあざ笑ったとしても、我々は原爆体験によって植え付けられた、核に対するアレルギーを、妥協することなく持ち続けるべきだった。核を使わないエネルギーの開発を、日本の戦後の歩みの、中心命題に据えるべきだったのです。
　それは広島と長崎で亡くなった多くの犠牲者に対する、我々の集合的責任の取り方となったはずです。日本にはそのような骨太の倫理と規範が、そして社会的メッセージが必要だった。それは我々日本人が世界に真に貢献できる、大きな機会となったはずです。しかし急速な経済発展の途上で、「効率」という安易な基準に流され、その大事な道筋を我々は見失ってしまったのです。

　ここにみられる主張は、まるで大江健三郎のような、反核平和主義イデオロギーの表明である。村上春樹がこれほど素朴に、公の政治的発言をするというのは、これまでになかったことだと思える。

　（承前）壊れた道路や建物を再建するのは、それを専門とする人々の仕事になります。しかし損なわれた倫理や規範の再生を試みるとき、それは我々全員の仕事になります。我々は死者を悼み、災害に苦しむ人々を思いやり、彼らが受けた痛みや、負っ

た傷を無駄にするまいという自然な気持ちから、その作業に取りかかります。それは素朴で黙々とした、忍耐を必要とする手仕事になるはずです。晴れた春の朝、ひとつの村の人々が揃って畑に出て、土地を耕し、種を蒔くように、みんなで力を合わせてその作業を進めなくてはなりません。一人ひとりがそれぞれにできるかたちで、しかし心をひとつにして。

　その大がかりな集合作業には、言葉を専門とする我々＝職業的作家たちが進んで関われる部分があるはずです。我々は新しい倫理や規範と、新しい言葉とを連結させなくてはなりません。そして生き生きとした新しい物語を、そこに芽生えさせ、立ち上げてなくてはなりません。それは我々が共有できる物語であるはずです。それは畑の種蒔き歌のように、人々を励ます律動を持つ物語であるはずです。我々はかつて、まさにそのようにして、戦争によって焦土と化した日本を再建してきました。その原点に、我々は再び立ち戻らなくてはならないでしょう。（後段省略）

　（以上のスピーチ文は、2011年6月9日、スペインのカタルーニャ国際賞授賞式で配布された作家・村上春樹さんの受賞スピーチの原稿『非現実的な夢想家として』を上記新聞記事が収録したもの）

　ともあれ、以上のような、イデオロギー的な主張が見え隠れするスピーチは、共感を生むのと同じぐらい、反感をも生んでしまうだろう。

　このスピーチの要旨を読んで、村上春樹もやはり全共闘世代なのだ、という今さらながらの事実を思い出した。

　かつて、早稲田大学在学中、村上春樹は全共闘活動に少しではあるがシンパシーを感じたことが、エッセイにも語られているし、特に初期の小説には、全共闘へのノスタルジーが見え隠れしている。

　その意味では、村上春樹もやはり政治的な青春を送った世代であるし、作品には政治的なメッセージがこめられている、とみることもできる。

　ともあれ、村上春樹の小説『1Q84』は3.11後も、世界中で読まれているし、カタルーニャ賞受賞スピーチも世界的に注目されたこと自体は間違いない。

3. 震災後、なぜ『涼宮ハルヒの驚愕』はミリオンセラーになったか？

（1）ハルヒも被災地訪問

このような村上春樹の存在感に対して、震災後の日本へのメッセージという点では、『涼宮ハルヒ』の方も負けてはいない。以下の記事のように、作者の谷川流自身も、積極的に動いていたようだ。

> 谷川流先生の東北書店訪問
> 　3月11日の東北地方太平洋沖地震に対して、谷川流先生から「微力でも良いので、東北の方たちに何かご協力したい」というお気持ちを受け、先生と共に郡山（福島）、仙台（宮城）、盛岡（岩手）を中心に、書店を訪問させて頂きました。
> 　現在全国の「スニーカー文庫を応援する書店の団（SOS団）」で配布している七夕特製しおりですが、これの東北の書店用の限定版を作成して配布しております。訪問した各店でこの限定版しおりの内の20～30枚に谷川先生にサインをして頂き書店員さんにお預けしました。ハルヒ関連商品を購入してくれた方、いつも応援してくれているファンの方に配るなど、色々と活用して頂くことになっています。
> 　お邪魔したお店は33店舗、サインした数は1,000を超えました。お店によっては色紙を用意して頂いており、さっそく店頭で飾ってくれているお店もありました。
> 　元通りの日々を取り戻すために、今もご尽力されているなか、快く出迎えて頂いた各書店、書店員の皆様、本当にありがとうございました。
> 　1日も早い復興をお祈りしています。
> 　■訪問した書店はこちら（全33店舗）
> 　　●福島県（9店舗）6月24日（金）～6月25日（土）にかけて
> 　　●宮城県（17店舗）6月17日（金）～19日（土）にかけて
> 　　●岩手（7店舗）6月25日（土）～6月26日（日）にかけて（以下省略）
> 　　　　　　　　　　　　　　（2011年6月30日スニーカー文庫HPより）

（2）3.11後のいま、"終わりなき日常"を取り戻せるのは物語の中だけ

『涼宮ハルヒの驚愕』、実売34万部とは大したものだ。いくら人気のラノベシリーズとはいえ、これほど売れているのは、作品のもつ魅力が、長年のファンだけでなく新しい読者も引きつけているからだろう。

かくいう自分も、遅れてきたファンなのだが。

2010年に公開された映画『涼宮ハルヒの消失』は、作家・筒井康隆も面白いといっただけあって、時間テーマのSF作品としてもすぐれた出来となっている。
　しかし、あくまでこのシリーズの最大の魅力は、誰もが体験しただろう学園生活へのノスタルジーをかきたてられるところにある。
　学園もののマンガ、アニメ、ラノベは数多いが、『ハルヒ』の学園生活は、今時のものというより、実はかなり80年代テイストを感じさせる。
　作者自身の年齢は不明だが、おそらくそれほど若い世代ではないだろう。作品を読むと、一見饒舌すぎる一人称語りの行間から、古き良き学園生活への郷愁が感じられる。この作品には、こうあってほしかった理想の学園生活が描かれているといえよう。
　その象徴として描かれるのが、ハルヒたちがたむろする文芸部室だ。
　『涼宮ハルヒの驚愕』では、この古い校舎の片隅にあるいかにも年季の入った部室が、物語の重要な鍵を握る。
　多彩なキャラクターの魅力ももちろんだが、意外と見落とされているのが、この小説の描写にちりばめられた"ものたち"への愛情の視線だ。そのことを読み取ったからこそ、アニメ版が徹底的なロケハンと背景へのこだわりの上に実現したのだろう。
　いまや、原作のラノベよりもアニメ版の方の土地や建物描写が、ファンを聖地巡礼に駆り立てているようだ。実際、原作の描写には、地名を特定できるところはほとんどない。けれど、新しい読者にとって、聖地巡礼の魅力もさることながら、作者の文章に巧みに引きずられて、いつしか自分の学生時代へのノスタルジーにひたっているような読後感は、実に心地よいものだといえよう。
　この作者の小説のお約束なのかもしれないが、決して無茶な展開をとらないストーリーテリングに物足りなく思う人もいるかもしれない。しかし、なにも起こらないようでいて、少しずつ物語が進んでいく快適さは、"終わりなき日常"そのものであり、3.11後のいま、日常が一度崩壊した日本に、あえて"終りなき日常"を取り戻せるのは、物語の中だけなのかもしれない。
　せめて読書の間だけでも、「ありそうで、じつはありえない物語」の心地よ

さにひたってみたい。

（3）『涼宮ハルヒの驚愕』のテーマは愛

　以上は、筆者が『涼宮ハルヒの驚愕』のヒットぶりについて扱ったブログの記事である。3.11後の日本に、一つの救いのヒントを与えてくれるのが『涼宮ハルヒの驚愕』だった、という思いで、この文章を書いた。
　このように、『涼宮ハルヒの驚愕』は、3.11後の日本を見据えて書かれたかのようなできばえをみせているのだが、この小説が書かれたのは、もちろん3.11の前だし、後に大きく書き直されたようなものでもないらしい。
　その証拠に、次のような、もし3.11後に書かれたとしたらちょっとそのままでは本にならなかったかもしれない記述もある。

　　　俺の脳内に危険信号のサイレンが鳴り響き、赤と黄色の回転灯が点滅する。ヤバい。こいつは壊れかけている。明らかに藤原は自らの自爆導火線に炎をともした。そんな予感がマグニチュード9クラスの津波のように俺の精神に迫り来る。
　　　　　　（谷川流　『涼宮ハルヒの驚愕（後）』角川スニーカー文庫　2011年　p.177.）

　このような表現は問題がある、などと指摘する声もあるようだが、細かい描写や表現について、その部分だけをピックアップしてもあまり意味はない。
　この小説の構成やストーリー展開は、震災後の我々に向けて、愛と勇気をストレートに語っている。
　その直球ぶりは、まるでハルヒ自身が作者に憑依したかのようだ。
　ともあれ、『ハルヒの驚愕』が3.11後の我々に語りかける言葉は、"終わりなき日常"が終わった今、再び日常を取り戻そう、というものだ。作品の中で、主人公キョンは、世界を望むままに作り替えるのではなく、元の日常に回帰することを望んだ。
　自分の思うような世界を再創造できる力をもっていると知った佐々木も、キョンと同じく、まともな日常が続くことを願っている。
　これはつまり、佐々木の力は、世界を作り替えることにではなく、日常を維持することに発揮されているのだともいえる。

佐々木のもつ力は、世界を守っているのだと考えられるのだ。
　ハルヒが無意識に発揮する力の効果で、この世界には時々、非日常的な事件が突発する。しかし、ハルヒは、決して世界そのものを作り替えようとはしない。かつてハルヒはこの世界を再創造した、といわれている。たとえそうだったとしても、今のハルヒは、キョンの望むこの世界を決して破壊したり、作り替えたりはしないのだ。
　その力の源は、愛だといえる。
　このように、あまりにもプリミティブでストレートすぎるメッセージが、この小説にはこめられている。だから、この小説が、一般の小説の体裁をとっていたら、あるいは軽く読み飛ばされていたかもしれない。しかし、ライトノベルであり、アニメ原作であるという前提で読まれるからこそ、この直球ぶりが許されるのだ、といえる。
　その証拠に、『1Q84』の場合は、『涼宮ハルヒの驚愕』とはまったく逆のことが起きている。つまり、『1Q84』には、世界的な文学作品としてあるまじき（？）ライトノベル的な書き方が見受けられる、というのだ。もちろん、それはこの小説のヒロインである青豆や、もう一人の主役ともいえる美少女ふかえりの描き方についてである。この小説の、最大の読みどころでもあり、最大の難点でもある特徴は、そもそもの設定自体であるともいえるのだ。
　つまり、「これはラノベか？」「いえ、文学です」といえるのか、あるいは、「これは文学か？」「いえ、ただのラノベです」と切って捨てられるのか、という大きな疑問符が、『1Q84』にはつきまとっているということである。

4. いまこそ『1Q84』を再読しよう！〜『1Q84』について〜

　次に、『1Q84』について具体的にみていきたい。
　『1Q84』の前作『海辺のカフカ』は、村上作品の長編の中で、初めての三人称作品であり、積極的なコミットメントの姿勢を貫く主人公が描かれた最初の作品、ということができる。そして、その英雄的な主人公像は、『1Q84』に受

け継がれていくのである。

　ヒロインの青豆にとっては、1Q84世界の東京は仮想の町であり、青豆が迷い込んだパラレルワールドだといえる。一方、主人公・天吾にとっての東京は、本当の両親の記憶が奪われた状態で生きてきた、かりそめの世界でしかない。天吾にとっての本当の世界は、唯一の母親の記憶である情景の中にしかない。

　天吾という主人公は、『海辺のカフカ』のカフカ少年の場合より、もっとはっきりと、世界へのコミットメントの姿勢をとって生きている。だから、天吾の生きる世界は、あくまでも仮想世界である1Q84世界なのだ。天吾はこれまでの村上作品の主人公のような自閉には陥らない。

　天吾というキャラクターは、これまでの村上作品にはなかった、仮想世界にコミットメントしようという強い意志をもっている。そのキャライメージは、成長したカフカ少年、と受け取ることもできる。天吾は、カフカ少年と並んで、ハルキワールドにはじめて登場してきた、闇と戦う光の存在というキャラクターなのだ。そう考えると、『1Q84』の作風が、アニメ・マンガ風、ライトノベル風である意味が解けてくる。同じく、ふかえりという典型的なアニメの萌え系キャラが登場した理由も明らかだ。

　村上春樹は、意識的にか無意識的にか、天吾という戦士系キャラを登場させ、闇の帝王的存在と戦わせる物語を構想した時点で、完全に、アニメ・マンガ的な戦士ストーリーを書くことになった。

　戦士ストーリーには、光を象徴する主人公、闇を象徴する悪の帝王、萌え系の霊媒的美少女、そして戦闘美少女などが不可欠だ。そうであれば、青豆という戦闘美女が主人公であるのも当然だといえる。

　こういう女性は、これまで村上作品にほとんど登場していなかった。あえて原型を求めると、『世界の終りとハードボイルド・ワンダーランド』のピンクの女の子が、外見に似合わず、男勝りの活躍ぶりをみせ、万能ぶりを発揮して戦ってみせる。けれど、ピンクの女の子は、萌え系でもないし、戦闘美少女とはいえない。なぜなら、彼女はとても太っていて、美少女キャラではなく、コミカルなキャラだからだ。

戦闘美女・青豆や、萌え系・ふかえりの登場で、ハルキワールドは、読者の好むと好まざるとにかかわらず、ますます戦士系ストーリーに傾斜したのだといえよう。
　村上作品について、特に興味深いのは、現実が小説の真似をする世界としての1Q84ワールドの醸し出すリアリティだ。どういうわけだか、この小説の読者は、現実を1Q84世界に近づけたい欲求をもつようである。その傾向は、『海辺のカフカ』のときから、始まっていた。『海辺のカフカ』が発売された当時、高松に作品の舞台を探しにいくことがファンの間で話題になったようで、図書館のモデル探しの記事がニュースにもなった。
　カフカ少年の真似をして、夜行バスで高松に行き、プリンスの曲を聴きながらローカル鉄道に乗ってみれば、『海辺のカフカ』の作品世界がもっと理解できるかもしれない、と多くの読者が考えたわけだ。もっとも、『海辺のカフカ』の作品舞台について、作者自身は明確なモデルを否定しているのだが。
　とはいえ、『1Q84』の場合もまた、その気になれば、小説の場面を追体験しようと思えば、できるだろう。たとえば、首都高速を車で走りながら、ヤナーチェックの『シンフォニエッタ』を実際に聴くことで、ひょっとしたら、異界に行った気分になれるかもしれない。
　このような小説の楽しみ方は、興味深いことに、アニメにおける"聖地巡礼"のあり方に似ているといえる。『1Q84』や、『海辺のカフカ』の熱心な読者がやっているのは、アニメファンの行動とほとんど変わりがない。だからこそ、ふかえりというアニメ系萌えキャラも、違和感なく小説に登場できるのかもしれない。つまり、ハルキワールドは、いまやサブカル化しつつあるといえる。村上春樹は、はたして若い読者に迎合するためにサブカル的手法を取り入れたのであろうか？
　そうではなく、現実を小説に再現するために、現代小説は、アニメ・マンガ文化、サブカルチャーの要素を、避けては通れなくなったということなのだ。特に、村上春樹のように、リアリズム小説（私小説）の方向ではなく、フィクションを志向する場合、むしろ、サブカルチャーの影響を取り入れる方が自然なのだといえる。

たとえば、初期の傑作『1973年のピンボール』に登場する双子の女の子など、今から思えば、アニメキャラそのものといえる。そして、直接の性描写はないものの、語り手の「僕」は、この人工美少女的な双子とベッドをともにしているのだ。ふかえりのような萌えキャラが登場するのは、実は『1Q84』が初めてではなかったのである。
　さらに、ふかえりと天吾のセックスシーンで、これまでの儀式的性描写ではなく、実際には官能描写をしていることを考えると、もはや村上文学は、リアリズムをはるかに超えて、二次元の異性との恋愛や性交を描いているといえるのである。このことは、萌えとリアリズムの融合した描写が可能になったことを意味する。
　現在の日本文学が賛否両論で論争にあけくれている、純文学とライトノベルの間の溝など、村上春樹はとっくに超えてしまっていたのだ。だから、『1Q84』を「単なるラノベ」と批判する意味は、もはやない。なぜなら、『1Q84』という小説は、パラレルワールドを描くメタフィクションであるとともに、二次元キャラを小説世界に取り込んだ、多次元小説だからである。
　思えば、村上作品は初期からずっと、当時のサブカルチャーを積極的に取り入れてきた。村上作品の材料や手法には、ハードボイルド小説だけでなく、スティーブン・キングなどのB級ホラーや、B級アクション映画が応用されている。『1Q84』BOOK3には、そのことがもっとも明確に読み取れるのだ。
　『1Q84』は「現実が小説の真似をする世界」を描いている、ということが、BOOK3を読むといっそう明らかになってくる。いままでの村上作品では、読者が現実を作品世界に近づけたい、あるいは作品世界に没頭したい欲求をもつ傾向が強かった。『1Q84』もまた、登場する舞台やアイテムをほとんど再現できるという点で、同じような没頭のしかたができる作品である。
　その一方、村上作品と、ライトノベルをはっきり区別できる要素がある。それは、性描写の過激さ、である。ミリオンセラー『1Q84』にも、セックスとバイオレンスがふんだんに描かれている。
　天吾と青豆のラブストーリーという面に焦点を当てると、BOOK3の結末は、一見ハッピーエンドにみえる。けれど、この二人のこれからを考えると、

今後待ち受ける悲劇を予感させる締めくくりとなっている。天吾と青豆の二人は、元の世界であれ、新しい世界であれ、このあとの生活の中で、おそらく恐ろしい苦しみを受けるだろう。これは、ハッピーエンドに見えて、実は、悲劇の始まりなのだ。

　作中にも引用されているドストエフスキーに、村上は昔から傾倒してきた。ドストエフスキーの名作『罪と罰』では、薄幸の売春婦ソーニャの愛と信仰の力によって、殺人犯ラスコーリニコフの魂は最後に癒される。同じように、青豆の殺人の罪も、天吾の愛によって救われるのかもしれない。

　ともあれ、おとぎ話はハッピーエンドのあとの悲劇を描かない、という意味では、『1Q84』BOOK3は壮大なおとぎ話だ、ということもできるのである。

第2章

究極のハイブリッドアニメ
～『涼宮ハルヒ』論～

1. マンガ・アニメとゲームで育った世代が生んだ『涼宮ハルヒ』

（1）マンガ・アニメとゲームで育った世代が生んだ『涼宮ハルヒ』

　谷川流『涼宮ハルヒ』シリーズは、現在も続刊中で、4年ぶりの新作『涼宮ハルヒの驚愕』（2011年）が大ヒットを記録したのが、記憶に新しいところである。しかも、この年のアマゾンの書籍年間ランキングで、なんとトップになっている。
　しかし、同じくミリオンセラーになったとはいえ、村上春樹の『1Q84』の場合とは明らかに違う。それは、『涼宮ハルヒ』について、世間での知名度が思ったほど高くない、ということだ。少なくとも、村上春樹、という名前か、『1Q84』というタイトル名ぐらいは聞いたことのある人は、身の回りに数人はまちがいなくいるだろう。それに比べて、『涼宮ハルヒ』というシリーズ名や、谷川流という作者名を知っている人の数は、はるかに少ない。たとえ知っていても、ほとんど正しく把握されていないのが実情で、その割合は、年齢が上がるにつれて、増していく。
　たとえば、大手新聞の記者でさえ、「なるほど、それで、その涼宮ハルヒさんというのは、どんなジャンルの小説を書いてるんですか？」などととんちんかんな質問をしてくるぐらいだ。つまり、このミリオンセラーの場合、最新作

の題名はおろか、作品名と作者名を取り違えられているぐらい、知名度は低いということである。
　その理由は、ずばり、ライトノベルだから、というしかない。つまり、ミリオンセラーになりながら、その読者層は、非常に偏っていて、ある特定の年代、あるいは特定のファンにだけ、爆発的に売れた、ということである。
　もしかしたら、普通のベストセラーの場合と違って、売れた冊数がそのまま買った人数、ではなく、熱心なファンが一人で何冊も買っている、ということさえ、いえるかもしれない。なぜなら、『涼宮ハルヒ』だけでなく、たいてい、ライトノベルには、なにかファンサービスの特典がついているからだ。何冊も買って応募すれば、特典の当る確率が増えるというわけだ。
　実際、かくいう筆者自身も、２冊買った。そのわけは、『涼宮ハルヒ』シリーズの"聖地"といわれている兵庫県西宮市の、いわば作品の地元である書店が、新作『涼宮ハルヒの驚愕』の予約特典として、「聖地巡礼マップ」などの、地元ならではの特典をつけていたからだ。それを知る前に、すでにネット書店で予約していたのだが、その「聖地巡礼マップ」が気になって、つい２冊目を予約してしまった、というわけだ。筆者の場合と似たり寄ったりで、数冊買うことになるファンは、きっと多いだろうと思われる。
　このように、同じミリオンセラーといっても、『1Q84』の場合とはずいぶん違う『ハルヒ』シリーズだが、実際のところ、世間でどう評価されたのだろうか。これまでにも、さまざまな『ハルヒ』評が書かれているが、ちなみに、以下は筆者がブログに書いた映画『涼宮ハルヒの消失』評である。

（２）　映画『涼宮ハルヒの消失』評
　このところ、いわゆる春休み映画ばかりで、ピリッとした映画がかかっていないのだが、アニメの佳作は、ほぼ年中かかっていて、そこが日本の映画のありがたいところだ。
　たとえば、映画『涼宮ハルヒの消失』。
　これは、谷川流のライトノベルをテレビアニメ化したものを、さらに映画化した作品だ。といっても、テレビシリーズの再編集ではなく、テレビで実現し

なかったエピソードを映画化している。しかも、原作の読者からももっとも支持を集めている核心的なエピソードの、待望の映像化だった。

　ネタバレは避けるが、これは普段アニメを観ない人も一見の価値のある映画である。

　なによりも、完璧に描かれた高校の日常が、観るものに否応なく、自身の10代のころを思いださせるだろう。女子高生が制服のスカートの下に寒さよけのジャージをはいているような、細かい描写には驚嘆をおぼえる。また、実際の阪神間の風景をロケハンしたとあって、実写かと見まがう風景描写も、実にビビッドである。このような日常のリアルな描写があるからこそ、非日常的な時空への移行がリアルに感じられたのだ。

　この映画は、ハードSFとしての魅力もまた大きい。SF作家のグレッグ・イーガンばりの時空変動や宇宙創世のストーリーを、学園青春ドラマの形でやってしまうありえなさが、逆に等身大の物語として不自然でなく感じられる。この宇宙論と学園コメディのコントラストが、独特の"クール"さなのだといえる。

　未来からやってきた大人の女性が主人公に言う、「この高校生活を懐かしむときがきます」というセリフは、平凡だが、万人の胸に響くだろう。

（3）アニメシリーズ『涼宮ハルヒの憂鬱』について

　このように、ライトノベル『涼宮ハルヒ』シリーズは、元々、アニメ作品としてブレイクしたのがきっかけで、ファンの裾野を広げたといえるのである。

　そうはいっても、その前から、ライトノベルとしてすでに固定ファンがつき、高い評価を得ていたことを忘れてはいけない。そもそも、最初にアニメ化の企画がもちあがったとき、テレビアニメシリーズの石原立也監督（京都アニメーション）も、原作者の谷川流も、「これはアニメ化できるのか？」と、疑問を感じたのだという。

　　Q　：アニメ化にあたり、最初に原作を読んだときは、そんな印象でしたか？
　　石原：正直難しいなと思いました。小説「涼宮ハルヒの憂鬱」のおもしろさは、小説

を「読む」おもしろさであって、アニメーション化するにはひょっとしたら向いていないのではと不安でした。
（『オフィシャルファンブック涼宮ハルヒの公式』　角川書店　2006年　p.82.）

谷川：ひとえに、スタッフさんの頑張りですね。実際、「ハルヒ」はアニメ化しにくい作品だと思いますし。　　　　　　　　　　　　　　　　（同上 p.89.）

　結果的にアニメ『涼宮ハルヒ』はヒットしたのだが、それは決して、原作がアニメ向きだったからではないし、ましてやラノベだからアニメ化しやすかったわけでもない、ということがいえる。
　ところで、世間では、ライトノベルすなわちアニメ原作、というイメージや、アニメすなわちマンガ原作もの、というイメージがまかりとおっている。けれど、手塚治虫も語っているように、マンガ原作のアニメ化は、たやすいわけではない。一般によく誤解されているが、アニメはマンガを動かしたものではないのだ。マンガにはマンガの表現があり、それはむしろ、アニメ化するとき、つまり絵を動かすときには、スムーズにいくとは限らない。
　だから、むしろ、ライトノベルのようにキャラを先に設定した物語を、そのまま絵コンテにおこす方が、スムーズな場合もあるだろう。ラノベとアニメは、相補って進化してきた、ということは、間違いない。けれど、ラノベが進化するに従って、イコールアニメ化、が可能ではないものも現れてきた。その最たる作品が、『涼宮ハルヒの憂鬱』である。
　なにしろ、その文体からして、男性一人称の独り言のような、つぶやきのようなモノローグが続くのだ。アニメにする場合、視点を小説通りに語り手の目線におくか、それとも三人称のカメラ目線におくか、によって、まったく異なる作品になることは、明らかだろう。
　だから、『ハルヒ』の場合も、キョンの一人称語りではなくなったら、まったく別ものの作品になってしまうことは、原作を読んだ人なら誰でも思うだろう。かといって、一人称語りの小説をアニメ化することは、たやすいことではない。その難題を見事にクリアして、むしろ小説よりもグレードアップしたとさえいえる作品に仕上げたのは、制作会社の京都アニメーションの監督や演

出、スタッフの功績である。

　だから、『涼宮ハルヒ』シリーズは、小説だけで完結している作品ではないし、アニメだけの作品でもない。ライトノベルとアニメがセットで一つの作品だといえるのだ。そして、作品を構成する大きな部分が、原作のイラストにあることも、またライトノベルの典型だといえる。

（4）いとうのいぢによるハルヒのイラストについて

　もし、『ハルヒ』シリーズのイラストレーター・いとうのいぢの描く絵ではないハルヒやキョンたちがあれば、それはまったく別ものの作品になるだろう、ということは、間違いない。これは、普通の小説と挿絵の関係とは違って、小説の、特に主要キャラのイメージが、イラストによって確立していることによる。

　もちろん、作者の描写によって、たとえばハルヒや長門、キョンのイメージを思い浮かべることはできる。普通の小説のように、読者がそれぞれのハルヒ像をイメージしたとしても、この小説は十分面白い作品だ。

　けれど、この小説のヒットは、やはり、いとうのいぢのイラストの力に多くを負っているといえるだろう。それは、同じくいとうのいぢがイラストを担当した高橋弥七郎のライトノベル作品『灼眼のシャナ』にもいえる。いとうのいぢの描いたハルヒとシャナは、当然ながら双子のように似ているが、この勝ち気で活発、元気一杯の少女像が、いわゆるゼロ年代のアイコンの一つとなったのは、時代の感性を見事に射抜いたからだろう。

　興味深いのは、こういうラノベとアニメのキャラの描写が、確実に純文学の人物描写にも影響を与えたことである。少なくとも、村上春樹の『1Q84』のふかえりの描写は、アニメキャラの影響なしにはありえなかっただろう。たとえ作者が、アニメは見ないのだとしても、時代の気分をアニメやラノベのキャラが体現しているなら、その気分を小説、文学作品も、必ず吸収しているはずだからだ。

　これは、たとえば、SF作品のサイバーパンクから近未来SF映画、さらに近未来アニメのキャラ造形へと、80年代後半から90年代にかけて、いわゆる

世紀末イメージが浸透したことをみても、いえることである。そういう意味で、ハルヒ（あるいはシャナ）のキャライメージは、ゼロ年代といわれる21世紀の最初の10年を代表するアイコンだったといえるのだ。

　あの大きな、キラキラした目と、挑発的な口元、それに翻るたてがみのようなストレートのロングヘアー。そしてミニの女子高生の制服。この楽天的、享楽的な少女の姿は、9.11後の混迷した10年にあって、それでも奇妙に楽観的だった世間の気分を、完璧に牽引する力を秘めていた。

　その現れとして、なんと、アニメキャラのCM出演という前代未聞の現象が生み出されている。『涼宮ハルヒ』が、人気男優の生田斗真とロッテガムのCMで共演した、というのがそれである。朝比奈みくるや長門も登場して、アニメキャラと実在の男優が一緒に演技するのだ。映画では、アニメキャラと俳優の共演するものはあるが、CMでハルヒが出るというのは、いかにハルヒシリーズが世間で認知されつつあるか、ということの証拠だろう。

　そういうハルヒ像を創り上げたイラストレーター、いとうのいぢは、このキャラクターについて、どう考えているのだろうか。そのあたりの、クリエーターの思いやエピソードを、探ってみたい。

　以下は、いとうのいぢの出身校である大阪デザイナー専門学校学校祭イベントでの講演を筆者がまとめたものである。

（5）いとうのいぢはこう語った

　イラストレーター・いとうのいぢは、白の模様が一面にはいっているシンプルな紺のワンピース姿で、見かけは普通のOLのようにみえた。母校の後輩たちを前に、やや緊張した面持ちで熱心に語っていた。

　まずは、イラストの仕事に関してである。

　ラフはシャーペンで、A4の用紙に下絵を描いて、3回はクリーンナップするという。

　イラストを描き始めたのは高校時代で、ゲームセンターやアニメショップによく出入りするようになったのがきっかけだった。それから、イラスト投稿を繰り返していった。

自分の絵柄は、模倣から始まり、そのうちにキャラに入り込んでいたのだという。
　これまでの仕事は女性キャラが多いが、男性キャラも（自分の理想像として）描き甲斐がある。
　井上雄彦のマンガ『バガボンド』を集めているが、これは弟がいて、『少年ジャンプ』をずっと読んでいたからだ。
　キャラ造形は、自分で理想のパーツを集めて、組み合わせてみるという方法だとのことである。
　そもそも、現在の、角川書店との仕事のきっかけは、編集者が自身のHPをみてオファーをくれたことだった。
　『灼眼のシャナ』のオファーの場合は、原稿を読んで気にいったら受けることになった。読んでみて、「これは自分の絵がよかったら売れる」と感じた。
　『シャナ』の場合、モンスターなどは、作者の高橋弥七郎のラフをもらったりもした。確固たるイメージが高橋にはあるのだという。
　『シャナ』の電撃文庫には、シャナしか表紙にしてはいけない、というしばりがあり、工夫するのが大変だった。
　イラストからアニメ化されると、基本はべつもの、とわりきる姿勢でいる。
　『ハルヒ』も最初と比べてやわらかくなってきた。絵はそのときのニーズに一番合うように、変わってよい、というスタンスでやっている。
　ちなみに、質疑応答で谷川流のことを訊かれたいとうのいぢは、「谷川さんはつかみどころない、トリッキーなひとです」と笑いをとっていた。ハルヒのキャラについては、「まず谷川さんの文章が先にあるので、絵を想定して書いているのかはわからない」とのことだった。
　また、よく海外でもアニメイベントに出演しているいとう氏は、国外での熱烈な反応について、「日本の学生の物語がうけているのが不思議だったが、国は違ってもみんな同じようにアニメが好きなのだ」と感じたのだそうだ。
　いとうのいぢの創ったキャラとしてのハルヒは、自身の絵の変化もあって、第1作『涼宮ハルヒの憂鬱』のころと比べると、最新作『涼宮ハルヒの驚愕』の現在では微妙に違ってきている。

しかし、描き手本人がいうところでは、『涼宮ハルヒの憂鬱』の表紙の、最初に描いたハルヒのイメージを大事にしたいのだという。

（6）キャラ誕生の秘密

　以上のことは、キャラというものの生み出される不思議さを語って余りある。つまり、ハルヒというキャラは、もともとは作者の谷川流が小説の中に描き出した女子高生だが、その描写をもとにいとうのいぢがイラストを描いたハルヒは、その後の『ハルヒ』シリーズの中でのハルヒ自身のイメージを決定づけたといえる。その後の谷川流が、小説の中でハルヒを描写するとき、いとうのいぢのハルヒ像をイメージしていないはずはない。いや、むしろ、ハルヒというキャラは、谷川流が書き、いとうのいぢが描く、そのやりとりの中で確立されてきたのだといえるだろう。

　キャラの成立という点で、同じような例としては、角川文庫のSF小説のヒット作や、かつてのソノラマ文庫の場合があった。平井和正の『幻魔大戦』や『ウルフガイ』シリーズは、生頼範義のスタイリッシュなイラストで作品のイメージが確立されていた。あるいは、ソノラマ文庫の菊地秀行の『吸血鬼ハンターD』シリーズは、天野喜孝の幻想的なイラストが印象的だし、高千穂遙の『クラッシャージョウ』シリーズも、安彦良和のイラストのイメージが小説のキャラを確立させたという点で共通している。

　けれど、ハルヒの場合は、それだけではなく、ライトノベルという小説とイラストの融合した形でのキャラが確立したのちに、アニメ作品のキャラとしてのハルヒが出来上がっていくことになった。そこでは、すでにある絵としてのハルヒに、声優の平野綾の声が結びつき、渾然一体となって現在のハルヒ像が生み出されてきた。そうして、ハルヒというキャラは、絵と声が、完全に一体化して、確立されたのだといえる。

　さらに、ハルヒの場合、アニメ作品の中のキャラだけにとどまらず、一つの時代のアイコンとなって世界中に伝播していくことになる。それは、「ハルヒダンス」のユーチューブ映像の中で、踊るハルヒ像としてのイメージである。

2. ライトノベルとサブカル文化、そして日本SF

さて、そこで、新作『涼宮ハルヒの驚愕』のヒットをはじめとする、世間での"ハルヒ現象"について、いくつか紹介し、その意味するところを考えてみたい。

そもそものきっかけは、アニメシリーズのヒットなのだが、実際は、アニメそのものの人気よりも、アニメのエンディング曲『ハレ晴レユカイ』が、「ハルヒダンス」として、ユーチューブで世界中に流れ、いわゆる「踊ってみた」というダンス実演の投稿ビデオ映像作りのブームとなったことが大きいだろう。このことは、オリコンのランキングでアニソンが上位に食い込む、というこれまでになかった現象を生んだ。

アニメ『涼宮ハルヒの憂鬱』のエンディング曲『ハレ晴レユカイ』では、平野綾、茅原実里、後藤邑子の三人の声優が、それぞれの演じているアニメキャラとして歌を歌い、踊ってみせる。この現象で特徴的なのは、『ハルヒ』の熱心なファンたちが、自発的にキャンペーンを展開して、いわば草の根的な動きからオリコンの順位が押し上げられてきた点である。つまり、音楽シーンでよくみられるように、プロデュース側が、業界の流れをコントロールして、マスメディアを使って順位を上げようとしたのではない、ということだ。

特に、このオリコン順位のアップの中から、『ハルヒ』の主役キャラたちを演じた声優たちが、アイドル的に歌手としても売り出されてきたことは見逃せない。これは、声優がファンのバックアップでアイドル的にスターになっていく、アニメ界独特の現象が、全国規模で行われ、ネット映像の伝播を通じて世界中にファンを増やしていったという、いかにもネット時代らしい現象だといえる。

その主役の声優たちの中で、平野綾は、ハルヒ役ということでも注目を集めたわけだが、その後、平野個人としても、声優の枠をこえて、アイドル的な活動を広げていっている。その先行例として、声優で歌手の水樹菜々がいるが、明らかに平野は、水樹の跡を襲おうとしているようにみえる。地上波民放テレ

ビのバラエティ番組に出演を重ねているのも、その戦略の現れだろうし、写真週刊誌のスクープが話題になるなど、もはや平野は、声優という範疇をこえて、アイドルになったといえるだろう。

　自身のハマリ役として知られている涼宮ハルヒだが、平野は「第一印象はめちゃくちゃ悪かったんですよ。何だ、この子はって」とあっさり。それでも、欲望の赴くまま時に暴走もしてしまうハルヒをどう演じるか考えているうちに「女の子に好かれる女の子」という演技の方針が定まり、そして「アニメの絵が上がってきて、ハルヒの表情を見たときに、やっと今のハルヒのイメージがわいたんです」とふとしたきっかけで役柄をつかんだ様子。演じているうちに「ハルヒって変わった女の子に見えるけど、意外と身近にいる存在なのかなって思っていて」と徐々に平野はキャラクターを自身に重ね合わせていったようで、「ハルヒは願望を素直に口にしているだけで、そんなハルヒはわたしたちの中にもいるんじゃないかなって思いますね。それが共感のポイントだったりとか」と 2006 年の初放送以来続く本シリーズの人気の理由を分析してみせた。
　平野は本シリーズに出演したことで「ハルヒを演じられなかったら、今のわたしはないだろうなっていうふうに本当に思います」というほどの影響は受けたが、出演前は、意外にも同シリーズの登場人物では長門有希に共感していたらしい。平野自身「全然しゃべらないとか。教室の隅で本を読んでいるみたいな子だったんです」と言いながらも、本作に出演したことを機に「思ったことはずばずば言う」涼宮ハルヒのような性格になったといい、演技面以外でも受けた影響が大きかった様子。
（『シネマトゥデイニュース』2011 年 4 月 12 日）

　もっとも、それが、単純にアイドル活動と割り切ってしまえないのは、熱心な『ハルヒ』ファンにとって、ハルヒすなわち平野綾、というイメージが、どうしてもついてまわるからだろう。つまり、平野個人がアイドルとして、いくらスキャンダルに見舞われようと、平野ファンでなければどうってことないはずなのだが、平野のスキャンダルが、そのままキャラとしてのハルヒのイメージ失墜につながるところに、声優アイドルの難しい立ち位置があるといえる。
　先に述べたように、ハルヒというキャラは、必然的に、原作の小説のキャラクターであると同時に、いとうのいぢの描いたイラストのキャラクターでもあり、さらに、アニメの声優の声がイメージを決定的にしている、という 3 つの要素から成り立っているのだ。だから、ハルヒを演じた声優の評判が貶められ

るということは、熱心なファンにとって、そのままハルヒが貶められることに直結してしまいかねないという、やっかいな問題をはらんでいるのである。
　ここには、ハルヒというキャラクターが、単純に小説の中で描かれたキャラクターとしてだけでは考えられない、という、ライトノベルのアニメ化ならではの問題があらわになっている。
　しかし、この問題は、新しいものではない。原作の小説のイメージを大事にしたい愛読者にとって、いつの時代も、映画化や、映像化、ドラマ化、そしてマンガ化は、ありがた迷惑の気味がある。それは、原作者自身にとっても、ファン同様、実に切実なやっかいごとだといえる。その例として、たとえば平井和正原作の『幻魔大戦』の映画化に際して、平井はアニメ版のキャラデザインが気に入らなくて、文句を述べていたという話がある。
　また、実写化という場合は、さらに複雑なことに、演じる俳優のイメージが、原作のキャラを侵蝕するということがある。『ハリー・ポッター』のように、小説が映画化され、俳優のイメージがキャラクターを侵蝕すると、次回作をよむとき、映画の俳優のイメージを払拭して読むことは困難だ。
　実写でも、『シャーロック・ホームズ』のように、何度も映像化された古典的なキャラクターの場合は、かえって映像化された俳優のイメージを無視してしまえるということもいえる。しかし、原作に対して、映像化が一種類しかなく、さらにその映像作品が、あるいはマンガ作品が、圧倒的な人気を得たものだと、どうしても原作小説のキャラクターのイメージは、映像化されたイメージに侵蝕されてしまう。
　もちろん、この問題は、キャラクター側に甚大な影響を与えると同時に、演じる側にも、同じくらい影響を及ぼす。つまり、声優なり、俳優のイメージが、演じたキャラのイメージで固定されてしまうという事態を招くのだ。よくいわれるように、あまりに大ヒットした作品の役を演じると、ほかの作品の役を演じることが難しくなる。ハリー・ポッター役のダニエル・ラドクリフが何を演じても、もはやハリーにしかみえない。
　平野の場合は、そこまでイメージが固定化されていないので、ほかの作品を演じてもハルヒが思い浮かぶ、というほどではない。その点、幸か不幸か、ハ

ルヒの存在がまだそれほど広く浸透していない、ということがいえるだろう。そうはいっても、ハリウッドの世界的ヒット作ほどの影響力はまだないとしても、『ハルヒ』の世間への浸透ぶり、世界中への伝播ぶりは、あなどれないものがある。

　これまでみてきたように、『ハルヒ』の人気は、ネット上を通じて世界に伝播した「ハルヒダンス」や、平野綾をはじめとするハルヒシリーズのキャラを演じた声優たちのアイドル化の流れとは別に、あるいは並行して、いわゆる"聖地巡礼"ブームという形でも世間に浸透していきつつあった。

　アニメやマンガ、ライトノベルの作品舞台となった土地を、熱心なファンが訪れる聖地巡礼、あるいは舞台探訪というのは、『ハルヒ』シリーズのほかに、『らき☆すた』ブーム、『けいおん！』ブームというのがあるが、これらのブームは、当然のことながら、聖地巡礼の対象となる土地に、ときならぬ話題性と、おなじくらいの困惑、迷惑ももたらしている。そういう点で、アニメの聖地巡礼は、ニュースバリューがあり、そのニュース性が、さらにアニメ作品とその原作への注目度を加速させるという、相乗効果に一役買っているといえる。

　　涼宮ハルヒ"聖地"高校の憂鬱　無断撮影や巨大落書き
　　平成18年4月にテレビ放映が始まって以降、ファンの聖地巡礼が加速。
　　実在の建物や風景がアニメ中に登場するため、インターネット上で話題になり、ゆかりの場所を巡るファンが急増している。
　　特に原作者の谷川流さんの出身校で、作品中で「北高」として登場する西宮北高校は、週末になると大勢のファンが集まり、通用門の前でポーズを取り、写真を撮る姿が目立つようになった。その一方でエスカレートするファンもいる。勝手に敷地内に入り校舎に侵入しようとしたり、校内の写真を無断で撮ったりするケースもあり、見つけた教諭が注意することも度々という。（後段省略）　（産経新聞2010年5月6日）

　とはいえ、『ハルヒ』シリーズの場合、聖地巡礼での騒動をよそに、新作本や映画版では、確実にファンの裾野を広げ、もはや単なるアニメ、単なるラノベでは終わらない存在感を獲得しつつあるともいえる。つまり、聖地巡礼騒動は、『ハルヒ』への評価を高めこそすれ、作品そのものへの悪影響は、みられないということだ。聖地巡礼をめぐる騒動は、アニオタ一般へのイメージダウ

ンにはなるが、『ハルヒ』という作品自体を貶めるものではない。

　これは、声優平野個人がスキャンダルに見舞われることで、『ハルヒ』自体のイメージダウンを招くという場合とは、明らかに異なる次元の話だといえる。つまり、いつの時代も、どんなジャンルであっても、人気作品に対するファンの行き過ぎた暴走はあり、それが世間的に迷惑にみえても、作品自体とは切り離して考える、そういう成熟した文化受容が、すでに日本では確立されているからだろう。その現れが、『ハルヒ』のキャラをテレビCMに起用した試みなのだ。

　記事や報道が示しているのは、『涼宮ハルヒ』というアニメ、いや、ハルヒというキャラそのものが、この数年間を見事に背負って立つアイコンでありえたという事実である。

　　ハルヒが写す「自画像」　ライトノベル代表作の世界観
　　ゼロ年代のライトノベルを代表する「涼宮ハルヒ」シリーズの最新作『涼宮ハルヒの驚愕』が刊行された。初版は前後編各51万3千部。現代社会の空気を反映しながら着実に読者を増やしていく「ハルヒ」の世界観を「解析」する。
　　「ハルヒ」が世に広まる契機は2006年のテレビアニメ化だった。1990年代、魔族が人間と併存する異世界を描いたラノベの金字塔的作品「スレイヤーズ」のように、アニメから人気になるのはラノベの常道とも言われる。
　　では「ハルヒ」のヒットの特徴は何か。評論家の宇野常寛さんは「一種、オタクの自画像になっている」と話す。涼宮ハルヒたちは宇宙人や超能力など、オカルト的な非日常への憧れを口実に、日常的な部活動を楽しむ。その姿は、漫画やアニメをネタに対話を楽しむオタクの姿と重なる。
　　宇野さんは、背景に若いオタクの求める物語のトレンドの変化を見る。最終戦争や架空年代記といったファンタジー世界を綿密に作り上げる作品より、理想化された学園生活に込められた自画像のような作品に、支持が集まる傾向が強まっているという。ファンは物語を通して、「日常のなかに潜む非日常」を求めるように変化したというのだ。
　　　　　　　　　　　　　　　　　　　　　　　　（『朝日新聞』2011年6月2日）

　そもそも、アニメやマンガの舞台を探訪する行為自体は、さほど新しいものではない。いまや"聖地巡礼"と名付けられて、社会現象となっているかのように報じられているが、古くはシャーロック・ホームズの愛読者、いわゆる

シャーロキアンたちのロンドン・ベイカー街巡礼のように、愛読する作品の舞台を訪ね歩くというのは、作品を楽しむひとつの方法なのだ。

アニメでいえば、『トトロ』や『耳をすませば』など、ジブリアニメの舞台や、『らき☆すた』、そして『ハルヒ』のような、場所の特定をしやすいものが、舞台探訪の対象になっていく。特に、背景画がロケハンの写真を元に描かれている京都アニメーション制作のアニメなどの場合、キャプションと実際の風景を、アングルまで特定して写真にとり、ブログにアップしていくパターンがよく見受けられる。

それだけなら、別に問題はないだろう。しかし、報道されたように、その舞台が実在の学校で、ファンが学校に侵入するようなことがあれば、実際問題、学校としては立ち入り禁止にするしかないだろう。そもそも、学校というのは基本的に、部外者は立ち入り禁止なものだが。

また、まったく別の現象だが、アニメの主題歌がオリコンチャートでトップに立ったのは、アニメの主人公を担当した声優が、同時に歌手としても活躍しているからだ。だが、ハルヒの平野綾以前にも、声優であり歌手である、という立ち位置の存在は、80年代のアニメ『超時空要塞マクロス』のヒロイン・リンミンメイ役の飯島真理以来、そう珍しくはない。ハルヒの平野綾だけが特別だったのだろうか。いや、そうではなく、ハルヒというキャラが特別だったのだといえる。

その証拠に、アニメキャラが俳優と共演するCMが作られたりするのは、そのアニメ自体の人気もさることながら、そのキャラそのものが、インパクトがあると思われているからだろう。ハルヒの場合、アニメキャラである以上に、時代のアイコンとして多くの人に愛されたのだ。しかも、それは、日本国内だけでのことではない。「ハルヒダンス」の映像がユーチューブで伝播し、「踊ってみた」という自作ダンスの投稿を通じて世界中のファンを獲得していったことは、『ハルヒ』を世界的なヒットに導く可能性を秘めている。

少なくとも、マスメディアを通じて日本国内で、戦略的に展開されるヒットへの道とはまったく違う経路で、『ハルヒ』の名と、そのキャラは、世界中に広まったのである。

もっとも、制作側も、当初から、海外展開をもくろんでいたことは間違いない。その姿勢が、むしろネットを通じた展開においついていないのは、皮肉であるとともに、新時代のアイコンと化した『ハルヒ』の可能性が、制作側の思惑をはるかに超えていたということである。

　2008年の時点で、ファンのHPによると、台湾では小説版『分裂』まで発売済みである。アニメ版DVDも全巻発売済みだという。また、台湾アニマックスでアニメ版が放映開始されている。同じく、韓国でも、小説版については台湾と同じで、アニメ放映も、韓国アニマックスで開始されている。その他、アジアでは、シンガポール、マレーシア、タイ、オーストラリア、ニュージーランドでも、放映が始まりつつあるということだ。また、欧州では、ドイツ、イギリス、フランス、イタリア、ロシア、スペインで放映されつつあるという。さらに、北米での展開については、『ハルヒ in USA 日本アニメ国際化の研究』（三原龍太郎著　NTT出版　2010年）に詳しい。

　このように、制作側の意図した形での海外展開は、さほどのものではない。なぜなら、アニメであれば、すでにジャパニメーションのアイコンの代表として、『ポケモン』『ドラえもん』『ドラゴンボール』などが、世界中を席巻しているからだ。

　海外での日本アニメのヒットは、いまさら珍しくはない。近年、ハリウッド映画が好んで日本アニメを実写リメイクしていることからもわかるが、世界中の万人に通じるエンターテイメントとしての要素を、日本アニメはもっているのだ。

　だが、『ハルヒ』の場合、世界での浸透ぶりは、かつての『ポケモン』や『ドラえもん』の場合のように、子どもを中心にヒットしたのではなく、また『甲殻機動隊』のようにコアなSFファンが支持したというのでもない。

　『ハルヒ』は、その主人公たちと同じ若い世代が、世界中で支持したのだ。そのきっかけは、明らかに、アニメ第一期のエンディング曲が、ユーチューブで繰り返しコピーされ、その「ハルヒダンス」が「踊ってみた」という形で、世界中の若者に愛好されたことだった。これは、かつてのアニメファンのあり方とはまったく異なり、ネット時代の新たなキャラ受容のあり方なのだ。

ある意味、二次創作の別バージョンだともいえるが、「ハルヒダンス」のブームは、ネットがなければありえなかったし、世界中で真似され、踊られているコスプレハルヒの姿は、もはや元のハルヒのキャラとはまったく別ものである。それはまさに、キャラデザインと、踊りという行為をもとにしたキャラそのものが、アイコンとして受容されているのだ。

3.『涼宮ハルヒ』と村上春樹の小説はハイブリッド作品

（1）　アニメにおけるハイブリッド作品・『涼宮ハルヒ』
　涼宮ハルヒのような女神キャラ、つまり、現実にいる女の子でありながら超絶的な力をもつ美少女キャラは、案外珍しくない。

　たとえば、筒井康隆の『エディプスの恋人』で描かれた女神は、その原型のようなものだろう。小説『エディプスの恋人』では、前作の『七瀬ふたたび』で死んだはずのヒロインの美女超能力者・七瀬を蘇らせる巨大な力として、宇宙そのもののような女神が登場する。物語の中で、一瞬だけ、七瀬は女神と肉体を交換し、自らが女神になる場面が描かれる。

　七瀬が望めば、あの瞬間、七瀬が女神のままでとどまり、元の女神を七瀬の肉体に封じ込めることも、消してしまうこともできたはずだ。あの瞬間の七瀬＝女神は、無限の力を持っていたはずなのだから。しかし、そうはせずに、七瀬は元の肉体に戻ってきた。

　あるいは、涼宮ハルヒも、そういう存在ではないだろうか？　ハルヒは、宇宙を再創造するだけの力を持ちながら、一人の女子高生の肉体を保ったまま、人間として存在している。真に万能の女神なら、そういうこともできるだろう。ハルヒが女神であることと、女子高生であることは、矛盾しない。

　要するに、ハルヒは、設定の上でも、現実の存在としても、女神になった七瀬の子孫のようなものだ。同じく、ハルヒのように、別の世界の存在が、普通に人間と同居する物語は、これまた珍しくはない。

　アニメでいえば、『ハルヒ』の元ネタの一つとみなされる高橋留美子の『う

る星やつら』をはじめとして、古くは藤子不二雄の『オバQ』『ドラえもん』もそうだし、テレビアニメの数々の「魔女っ子もの」もそうだ。

　これらの原型は、おそらくイギリス児童文学の名作『メアリー・ポピンズ』（P. L. トラヴァーズ）にさかのぼるだろう。『メアリー・ポピンズ』以前の児童文学では、ファンタジーは別世界で展開し、現実世界とは超えられない境界で仕切られていた。『メアリー・ポピンズ』では、ファンタジー世界が現実世界に侵入し、子どもたちに束の間のファンタジー体験を味わわせて、また去っていく。

　同じパターンは、これまた児童文学の名作『ナルニア国物語』（C. S. ルイス）の中でもちらりと登場しているが、これは物語のつじつま合わせのための工夫だといえる。だから、現実の中にファンタジーが同居する物語は、『メアリー・ポピンズ』が初めてだといえるだろう。このパターンは、「魔女っ子もの」も、『ドラえもん』も、そして『涼宮ハルヒ』も踏襲しているのだといえる。

（2）　村上春樹の小説はハイブリッド文学

　さて、次に、『ハルヒ』のキャラクターたちのもつ魅力と普遍性が、時代のアイコンとして広く受け入れられたのに対して、実は村上春樹のミリオンセラー『1Q84』にも、共通する要素があることを指摘したい。

　村上春樹以前の、いわゆる文学作品には、キャラクターと呼べる登場人物は少なかったといえる。ところが、村上作品の場合、単に小説として魅力があると同時に、登場人物が、まさにマンガやアニメでいうところの"キャラ立ち"していることが、ファンをとらえてはなさない大きな魅力となっている。

　このようなキャラ立ちのよさは、村上春樹以後の文学にも、近年にいたるまで、村上作品以外には、あまり見られない。その理由の一つは、実は村上作品の初期の代表作『羊をめぐる冒険』にある。この本の中に、作者自ら描いた「羊男」のイラストが挿入されているのだ。

　周知のように、村上作品の初期のカバーデザインは、マンガ家でイラストレーターの佐々木マキが担当した。そのポップでおしゃれなカバーは、ハルキ

ワールドのイメージを確立することに大いに力を発揮したといえる。
　けれど、それだけでなく、ハルキワールドの登場人物のキャラ化は、「羊男」のあの"へたうま"なイラストが、決定的だったといえよう。世界的な作家となった文学者の中で、自作のキャラを自らイラストに描いて、小説の中に挿入するような作家は、ほかにいなかっただろう。
　そののち、画家でイラストレーターの安西水丸が、ハルキワールドのキャラ化の主役を担うことになる。安西氏の手による村上春樹本人のイラストは、作家自身よりもずっと、作者のイメージをキャラ化してしまったといえる。村上春樹のエッセイでは、作者・村上春樹自身とは別に、安西水丸のキャラクター「ムラカミハルキ」が登場する、ということもできるのだ。それだけでなく、安西の描いた挿絵の女性や、双子、「羊男」の絵などは、さらに別の短編やイラストエッセイなどを派生させ、ハルキワールドのイメージを絵の面から確立していったのである。
　村上作品の登場人物たちには、明らかに共通する要素があり、まるでマンガやアニメのキャラクターのように、イラストで描けそうなぐらい、特徴的だ。その特徴を、以下に整理してみた。

1）分身キャラ〜村上春樹の代表的小説は分身を探し求める物語

　まず、『ノルウェイの森』のワタナベと直子と緑の場合をみてみよう。これは、語り手を中心に、対称的に配置された二人の女性、というパターンである。
　ベストセラー『ノルウェイの森』は、近年、映画化されてさらに世間の話題となった。原作の魅力もさることながら、映画化に際しては、主要キャラのキャスティングが賛否両論となって、元々の村上作品の読者から大ブーイングを受けた。また、国際映画祭での受賞を狙った販売戦略も話題となった。
　その主要キャラ、特に二人のヒロイン、直子と緑だが、映画でも、みるからに対照的な二人の女優を配していて、映画監督のキャスティングという観点からも、この二人がキャラとしてはっきりと分身的であることを裏付けた。つまり、直子と緑は、コインの裏表なのである。
　もちろん、直子は女性の陰の面を体現し、緑は女性の陽の面を体現している。

ついでながら、小説『ノルウェイの森』は、「生と死」がテーマであり、作者自身の装幀による赤と緑の上下巻のデザインは、「赤」が命を、「緑」が死を、それぞれ象徴しているのだという。

以下、直子と緑の描写の比較をしてみよう。

直子の場合

　　冬には彼女はキャメルのオーバーコートを着て僕の隣りを歩いていた。彼女はいつも髪どめをつけて、いつもそれを手で触っていた。

　　　　　　（村上春樹　『ノルウェイの森』　下巻　講談社文庫　1991年　p.225.）

緑の場合

　　電車の中には短かいスカートをはいた女の子が何人もいたけれど、緑くらい短かいスカートをはいたのは一人もいなかった。緑はときどききゅっきゅっとスカートの裾をひっぱって下ろした。何人かの男はじろじろと彼女の太腿を眺めたのでどうも落ちつかなかったが、彼女の方はそういうのはたいして気にならないようだった。

　　　　　　　　　　　　　　　　　　　　　　　　　（同上　p.56.）

このように、小説の中の描写としても、直子と緑の描写は、あくまでも対照的になされていて、明らかに一人の女性の裏表を体現させているように読めるのである。その分身的な二人の女性の間に、語り手のワタナベが配置されて、物語が進行する、という構図になっている。

この構図は、もともとは、『1973年のピンボール』の「僕」と「双子」の関係が原点だと思われる。さらにさかのぼると、実はデビュー作『風の歌を聴け』ですでに、ヒロイン「4本指の彼女」も双子であることが語られている。つまり、村上作品のヒロインの原点は、双子であり、女性の両面を体現させるような描き方をされている、といえるのである。

以後、ハルキワールドの登場人物はほとんどが、一人の人間の分身として対称的な描かれ方をしていく。例を挙げると、「鼠」4部作での、自己の分身としての「僕」と「鼠」、「僕」と「羊男」がある。また、『世界の終りとハードボイルド・ワンダーランド』では、「分身」のテーマが作品のテーマそのものとなっている。『海辺のカフカ』でも、カフカ少年と、「カラスと呼ばれる少年」という分身が描かれ、それを補完するように「男男と男女と女女」という

プラトン哲学まで引用されている。

そして、『1Q84』においても、アリストテレスとプラトンへの言及があり、アダムとイブの創造といった旧約聖書的世界観への掘り下げが試みられる。

映画化もされた『100％の女の子』（山川直人監督）のもつ重要性は、作者自身、認めていて、「分身との出会いと別れ、そして再会」というテーマは、村上作品に繰り返し描かれている。

2）ハルキキャラたちの疑似家族

ハルキキャラたちは、作品の中で、疑似家族を形成している。それは、まるで、アニメの中で描かれるキャラクターたちの疑似家族関係をほうふつとさせるのだ。たとえば、小説『1Q84』の中に描かれた疑似家族関係は、「仮想の家」とでもいうべき様相を呈している。

まず、主人公の一人、天吾と、物語の鍵を握る美少女ふかえりとの関係が、疑似家族的なシチュエーションになっていくことが挙げられる。この二人は、ともに追われる状況の中で、「二人で一つ」という位置に追いやられていくが、それは、恋人関係というよりは、同居家族、という雰囲気の同棲である。

また、ヒロインの女殺し屋の美女、青豆と、青豆の雇い主の用心棒というべきタマルの関係も、同居こそしないが、仕事仲間という関係から、事態の進行とともに、仲のよい兄妹のような雰囲気になっていく。

その他、青豆の雇い主の女主人と、かくまっている少女つばさや保護しているセーフハウスの女たちとの関係は、まさに疑似家族的だし、美少女ふかえりと、父親代わりの戎野先生と、その娘アザミとの関係もまたそうだ。そして、謎の教祖と、その取り巻きの少女たちも、疑似家族的な関係だといえる。

そうして、これら「仮想の家」の疑似家族関係は、どの場合も常に不吉な予感に満ちているのだ。

村上作品における「仮想の家」の不吉な効果といえば、『ダンス・ダンス・ダンス』での、五反田くんの部屋に呼ばれたあと、売春婦「メイ」が殺されてしまう例がまず浮かんでくる。また、『ねじまき鳥クロニクル』では、主人公の近所の宮脇家が「仮想の家」として描かれるが、TVドラマに出てきそうな理想の家族だった宮脇家は一家離散し、家も取り壊されてしまうのだ。『国境

の南、太陽の西』で、ハジメ一家が住む青山のマンションも、みるからにドラマのセットのようで、一家を待ち受ける悲劇を予感させる効果をもっている。

以上整理したように、ハルキワールドと呼ばれる物語群の登場キャラクターは、分身キャラと、疑似家族キャラという、おおまかに二つのカテゴリーに分けられるのだ。

キャラクターがそうであるように、村上作品のベースには、過去の文学やサブカルなどの元ネタがある。パロディというわけではないが、明らかに、作者が影響を受けた作品を踏まえて、自身の物語や、構成が創りだされている。

（3） ハルキワールドの元ネタ

以下、ハルキワールドの元ネタを整理してみよう。

村上春樹がインタビューなどで語っている、小説の目標は、フィッツジェラルドの『グレート・ギャツビー』、チャンドラーの『ロング・グッドバイ』、そしてドストエフスキーの『カラマーゾフ』の3作品だという。だから、当然ながら、この3作は、村上作品の中に何度も元ネタとして使われている。

さらに、村上春樹は早稲田大学文学部で映画シナリオを研究していた。『羊をめぐる冒険』は、コッポラの映画『地獄の黙示録』と、チャンドラーのハードボイルド小説『長いお別れ』を下敷きに生まれたといわれている。

村上春樹がジャズを小説にたくみに組み入れているのも、見逃せない。生ま

村上春樹が高校の放課後によく通ったとされる神戸市の水道筋商店街。

「鼠」の母校（？）といわれる西宮市の関西学院大学の中庭。

れは京都で、すぐに夙川に引っ越してきて幼少期を暮らし、その後芦屋に転居した村上春樹は、アート・ブレイキー＆ザ・ジャズ・メッセンジャーズの神戸公演で初めてモダンジャズに触れ、一気にはまってしまったのだという。

　土地に関しても、同じことがいえる。『風の歌を聴け』で鼠が彼女とデートした奈良の古墳は、作者にとって土地勘があった。村上春樹は、大学生の頃に奈良の山奥を徒歩旅行しているというし、その体験が描写に活かされているのは明らかである。

　『1973年のピンボール』で鼠が大学をやめた理由について「中庭の芝生の刈り方が気に食わなかった」と語っているが、これはおそらく、作者の実家に近い関西学院大学の有名な中庭のことであろう。

　また、登場人物についても、元ネタは存在する。『ノルウェイの森』の直子のモデルは、どうやら実在するらしい。作者自身は答えていないが、さまざまなモデルの可能性が論じられている。

　世界的に評価の高い『海辺のカフカ』では、カーネルサンダースやジョニーウォーカーなど、世界共通の固有名詞をキャラクター化して登場させたことで、全世界に読者を獲得したともいえる。卑近な例だが、もし『海辺のカフカ』に登場するのがジョニーウォーカーでなく、道頓堀の食い倒れ人形や、かに道楽の動く蟹だったら、世界中で読まれたかどうかはわからないだろう。

　村上作品の成り立ちは、すぐれてポストモダン的だともいわれている。海外でのポストモダン小説としての高い評価が、それを証し

『海辺のカフカ』にはカーネルサンダースが登場する。

『海辺のカフカ』登場する謎の人物ジョニーウォーカー。

ている。そのポストモダン性とは、主に、初期作品における記号性の高い描写にある。

村上作品のポストモダン性、記号性というのは、あえて固有名詞を多用する文体に、その特徴がある。しかし、実は村上作品に頻出する固有名詞の元ネタというべきものは、ほとんどが作者本人の生育歴の中から導入されたものなのだ。

4. ハイブリッド作品と、メタフィクション的作風

以上、みてきたように、この章では、村上作品が文学とサブカルのハイブリッド的作風であるように、『涼宮ハルヒ』の場合は、過去のアニメやマンガ、ライトノベル作品と、文学、特にSF作品とのハイブリッドだということを述べてきた。

そもそも、日本の近代文学は江戸期以来の戯作と、欧米から輸入した19世紀小説のハイブリッドだということがいえるだろう。しかし、そこまでさかのぼらなくとも、村上作品は、作者自身の生い立ちが示唆するように、古典文学の素養の上に、英米小説とポップス、ジャズなどの音楽、映画作品などが渾然一体となって形作られてきたといえる。

そういう例は、村上作品以外にもあるだろう。現代文学は多かれ少なかれ、戦後の占領期にアメリカ文化の影響にさらされた結果、伝統文化と輸入文化のハイブリッドとなっているからである。村上作品がアメリカ文学の強い影響下に生まれたことは、すでに定説化しているが、それは村上作品だけにいえることではない。

しかし、現代文学にSF的な作風を盛り込んだ第一人者は、村上春樹だといえるだろう。村上作品以後の小説は、多かれ少なかれ、SF的要素を盛り込んでいる。よしもとばななの小説が、マンガのノベライズのような外見をもちながら、重いテーマを深く掘り下げていけたのも、村上作品の先例がすでにあったから可能だったといえよう。

村上作品の例にならって、軽い文体に重いテーマを盛り込むことが、80年

代以降の文学の主流になっていくのだが、いまや日本の小説には、マンガやアニメ、映画などの影響を受けていない作品の方が少ないぐらいになっている。それら文学作品に影響を与えたサブカルチャーの多くはSF的作品だったから、80年代以降の文学作品にSFテイストの小説が増えていったのは、むしろ当然だといえる。

その最もわかりやすい例が、『1Q84』のミリオンセラー現象だろう。『1Q84』は、だれもが一目を置かざるをえない文学作品だが、その外見も、内容も、文体も、まるでライトノベルそのものなのである。けれど、それは村上作品がライトノベル化したということでも、ライトノベルが文学のようになったということでもない。もともと、村上作品は、ライトノベルと並行して生まれてきたということに過ぎない。

村上作品の生成と時期を同じくして、SF小説から分派してきたライトノベルは、マンガやアニメ、映画と、ジュブナイル小説のハイブリッドだが、村上作品は、同じくサブカルチャー作品と欧米翻訳小説のハイブリッドだということである。

だから、ライトノベルの一つの極北となった『涼宮ハルヒ』シリーズと、現代文学の極北の一つといえる『1Q84』が、表裏一体のようになるのは、単なる同時代性ということだけでなく、別々の登攀路から一つの山頂に登りつめた必然の結果だといえよう。『1Q84』のミリオンセラー化と、そのあとに続くような『涼宮ハルヒの驚愕』のミリオンセラー化というのは、単なる偶然かもしれないが、両作品がどちらも、今の日本で、そして世界の小説やサブカル市場で、多くの読者に求められたのだということは間違いない。

話がいささか大袈裟になったが、現代文学とサブカル作品で、飛び抜けて多くの読者に求められた2作が、どちらもSF的作風をもったハイブリッドで、特にメタフィクションの要素をもっていることは、偶然であるにしても意味のあることだと考えたいのだ。

第3章

ハルキとハルヒ？
〜村上春樹の小説とラノベ『涼宮ハルヒ』の共通点〜

1.『涼宮ハルヒ』と村上春樹のキャラクターの共通点

(1) ハルキとハルヒ？

「ハルキとハルヒ」という、まるで語呂合わせのような本書のタイトルは、実は単なる思いつきではない。

このイメージを最初に抱いたのは、アニメ『涼宮ハルヒの憂鬱』を見ているときだった。ふと、画面のアニメ作品の背景が、阪神間の風景であることを思い、そう思ってみたとき、『ハルヒ』の画面が、"ハルキ"作品のアニメ化のように、一瞬だが、みえたのだ。

それは、単なる偶然ではない。『ハルヒ』に描かれた風景が、アニメ制作会社京都アニメーションの阪神間ロケの成果であることは、すでに承知していたのだが、まるでその風景は、これまで映像化されていないハルキ作品の中の、阪神間の描写そのままのように思えたのだ。それは、たとえば、阪急電車内の女子高生たちの描写や、六甲山麓の高校から眺める阪神間のパノラマなどである。それらの阪神間独特の風景描写は、そのまま、『ノルウェイの森』の高校時代の直子の姿や、『国境の南、太陽の西』の、神戸高校から見おろす阪神間の描写に、あてはまるのだ。

つまり、こういうことだ。村上作品は、これまで何度か映像化されてき

が、阪神間の風景を直接描いたのは、『風の歌を聴け』と『ノルウェイの森』の場合しかない。

『風の歌を聴け』の場合は、大森一樹監督の映像描写がいかにも当時のATG映画らしく実験的で、ロケされた阪神間の風景は、そのままのリアルな阪神間の風景ではなく、まるで架空の街の描写のように感じられる。

また、『ノルウェイの森』の場合は、トラン・アン・ユン監督の意図が完全に反映された映像で、その風景は、神戸であって神戸でない、どこかアジアの異国のような空気を描いている。

だから、これまで、村上作品で、現実の阪神間の空気感を描きだした映像化はまだないといえる。ところが、それが『ハルヒ』で、さりげなく実現されていたのだ。

もちろん、『ハルヒ』の阪神間は、架空の街であり、村上作品の描く阪神間も、また実在しないかもしれない阪神間である。それを承知の上でいうのだが、『ハルヒ』に描かれた阪神間の背景の絵は、そのまま、村上作品のアニメ化に使えそうなぐらい、阪神間の空気感を表出している。

そのようなことがなぜ起きうるのか、「ハルキとハルヒ」のキャラ論、文体論、ストーリー論、という三つの観点から考えてみたい。

ところで、ちょっと脱線するが、あるネット掲示板で、ハルキストなら爆笑してしまうような書き込みを見つけた。なんと、村上春樹作品に出てくる女性キャラたちを使ったギャルゲーがあったら? というものだ。つまり、いわゆる恋愛ゲームの題材に、村上作品を使ったら、どうなるだろう? ということだ。想像するに、ギャルゲーとしてのハルキ作品とは、こんな感じだと思われる。

例1:「ふかえりルート」(無口属性)→にんしんしないからだいじょうぶ→セックスしたせいで、青豆が妊娠→ふかえりと青豆との三角関係

例2:「直子ルート」(ヤンデレ属性)→元カレの自殺→再会→ひたすら散歩→誕生日にセックス→療養所まで追いかける→雪の中を二人で絶叫しながら走る

というような、ばかげた妄想ストーリーになってしまいそうな、そういう

危うい二面性を、村上作品はもっている。そのことが、仮にゲームにしてみることでよくわかるのだ。つまり、言い換えれば、村上作品の設定やキャラ、ストーリー構成は、一皮むけば、へたなラノベになってしまいかねない、ということだ。

そういう危うさは、ハルキストにとっては、マイナスというより、逆にプラスに働いている。つまり、村上作品は、二次創作の可能性がきわめて豊富だということだ。なにしろ、最近、村上春樹自身も、インタビューなどで『1Q84』の二次創作の可能性を推奨しているぐらいなのだ。

（2）『ハルヒ』と村上春樹作品のキャラクターの共通点

さて、まずは『ハルヒ』の主要キャラたちの元ネタについて考えてみよう。

ヒロイン、涼宮ハルヒについては、前述したので、重ねては触れないが、筒井康隆の七瀬シリーズ『エディプスの恋人』に出てくる女神が、その原型にあるように思われる。とはいえ、ハルヒの場合は、それだけでなく、いわゆるツンデレキャラの集大成、といった側面もあり、いかにも典型的な"イタい"女子高生として造形されている。

1）長門有希の場合

そこで、次に、ハルヒに次ぐヒロインといえる長門有希について考えたい。

この無口で神秘的な萌えキャラは、外見上も、言葉遣いも、アニメ『エヴァンゲリオン』の綾波レイをほうふつとさせる。もちろん、この種の無口美少女キャラが定型化されたのは、そもそも綾波レイが最初だ。綾波がクローンであるのに対して、長門は異星人の作った一種の万能ロボットのようなもので、その正体は人間ではなく、いわば、データを具現化した仮想の存在というべきものだ。

つまり、ある一定のデータにもとづいて、新たに創造された生命体、ということになる。そうなると、長門有希は、リラダンの『未来のイブ』の理想の女性の、遠い末裔のようなものだといえる。もし、長門のルーツがリラダンにあるとすれば、このアニメ作品は、きわめて遠い射程でSF史を網羅していることになる。

それはさておき、長門有希は、綾波の場合とは違う意味で、現代の日本の言説にまで影響を与えている。「〜は俺の嫁」といったネットスラングを生み、村上春樹の『1Q84』のふかえりの造形にも、おそらくはモチーフを提供している。もちろん、村上春樹自身はアニメをみない、と公言しているが、すでに綾波レイの絵は、パチンコ屋の幟や、繁華街のポスターなど、街のどこかで必ず目にするだろう。

一方、綾波レイの場合とちがって、長門がファンを惹き付けるのは、「萌えキャラ」プラス「戦闘美少女」としての要素だけではなく、万能の魔法少女の側面ももっている点、そして、まるでドラえもん的な、守り神の要素ももっているところにある。つまり、アニメが生み出した女性キャラの、ほとんどすべての要素をインプットしてあり、長門一人で、もはや十分、ということになるわけだ。

さらに、ありとあらゆる魅了をつめこんだ理想の女性キャラでありながら、決定的に欠落している要素が、"巨乳"と"明るさ"だというのは、明らかに、長門のキャラがハルヒの裏面だということを示唆している。

長門は、ハルヒと同じく万能だがすべてにおいてハルヒと対照的だ。ハルヒが無自覚な万能者なのに対して、長門はすべてを自覚した万能者だということ、外見上も、性格も、キャラ属性がすべて正反対だということなど、長門はハルヒを完璧に補完する。

そこで、重要なことは、このコンビで宇宙最強というべき二人の女子高生が、宇宙を脅かす敵と戦ったり、崇高な使命を帯びていたりするのではなく、その持てる力のすべてを、ただ一人の男子のために捧げている点にある。

これは、冗談めかしていうと、宇宙規模の壮大な無駄、だといえる。『ハルヒ』の物語は、結局のところ、ボーイ・ミーツ・ガールの恋愛物語に回収されてしまう。限りなく宇宙的な道具立てが、限りなくパーソナルなテーマに集約される。こんな贅沢な物語があるだろうか。

思えば、物語の多くは、根源的なテーマとして男女の愛、肉親の愛、友愛などを描いている。『ハルヒ』の物語も、壮大なスケールで描かれた男女の愛の物語、だといえる。

キョンは、語り手として、当初、第三者的立場にいたが、『涼宮ハルヒの消失』において初めて、主体的に主人公の位置につこうとする。その動機は、二人の魅力的な女子高生への無自覚な恋愛感情だ。
　宇宙双璧というべき二人の少女の両方から、同時に選択を迫られたキョンは、両方から逃げるか、あるいはすすんで三角関係に身を投じるしかない。キョンが選んだのは、三角関係を続けることだった。
　『涼宮ハルヒの消失』の物語の中で、もし、キョンが長門の構築した「改変された世界」にとどまったとしよう。キョンは長門と関係をもつだろうけれど、ハルヒとの関係には、古泉というライバルがいるため、三角関係ではなく、四角関係となって、そこでは安定的なグループができてしまうだろう。そうなれば、SOS団は、もはや単なる疑似的男女交際グループでしかなくなる。そういう微温的な物語ではなく、キョンは、究極の三角関係の中に身を投じた。
　この『ハルヒ』という物語は、終わりのない恋愛ゲームのようなものだ。なにしろ、設定が宇宙規模でありすぎて、どんな物語展開も可能になってしまう。そうなると、物語はいくらでもできるが、どの物語も、基本的にやり直しがきき、一回性を失ってしまう。
　だから、キョンと、ハルヒ、長門の三角関係は、等距離を保って永遠にせめぎあうことになる。ときに外部の要因で、関係にゆらぎが生じるだけで、3人はどこにもいけない、3人だけのパラダイスをつくっている。
　これは、かつて『ノルウェイの森』で描かれた、壊れ続ける三角関係の場合と対極にある。いってみれば、『ノルウェイの森』で直子が望んだ永遠の三角関係を、実現したものが『ハルヒ』の物語だといえる。直子は、キズキとワタナベの両方から求められ、永遠に青春ごっこを続けたかった。キョンもまた、『涼宮ハルヒの消失』において、永遠の青春ごっこのループを続けることを選んだのだ。

２）　朝比奈みくるの場合
　朝比奈みくるというのは、まるで古今の美少女キャラを合成したかのような、人工的な印象があって、まるで映画『ブレードランナー』のレプリカントか、アンドロイドのようにもみえる。

栗色の巻き毛は、名作アニメ『アルプスの少女ハイジ』の美少女クララ以来、定番のアイテムだし、うるみがちな大きな瞳も、ふっくらした口元も、バラ色の頬も、すべて美少女アニメの定番だ。

ボディは、デフォルメされた巨乳とヒップ、モンロー的なプロポーションが強調されていて、動き方も美少女そのもののなよなよした動作だ。そして性格は、いじられキャラで、ドジっ子、しかし使命を担ってがんばるけなげな立ち位置にあり、これら全てのキャラ設定が、古泉のいう「キョンを籠絡するため」の設定であっても、おかしくないと思える。

しかも、未来人である彼女の場合、未来からきた大人バージョン朝比奈さんが登場することも、みくるの人工的な印象をむしろ強めている。どうみても、高校生の朝比奈みくると、大人バージョン朝比奈さんは、別人格であり、むしろ、姉妹のような印象を受ける。もともと、未来人という設定だから、それこそどうとでも解釈できるのだが、朝比奈さんの存在の謎は、むしろこれから明かされるのではないかと思わせる展開が、最新作の『涼宮ハルヒの驚愕』で登場した。ネタバレは避けるが、朝比奈みくると、未来人・藤原の間の因縁は、大人版朝比奈さんの秘密に関係があるように思えた。

もっとも、この未来人同士の物語を展開させようとすると、タイムパラドックスを作者がどう解釈するか、という、ハードSFの物語になっていかざるをえないだろう。はたして、これ以上時間SF的な展開に深入りすることが、『ハルヒ』の物語にふさわしいかどうかは、また別の問題だ。

だから、あるいは大人バージョン朝比奈さんは、いつまでもキョンにとって、幻の女、ファムファタールでありつづけるのかもしれない。やはりアニメには、こういうミステリアスな大人の女性キャラが不可欠だからだ。そういう意味でいうと、朝比奈みくると、大人バージョン朝比奈さんは、別の原型をもつ、別のキャラだと考えた方が、おさまりがよいように思える。朝比奈みくるの原型は、いじられ系の美少女キャラ、ドジっ子キャラ、ぶりっ子キャラだ。そして大人バージョン朝比奈さんの原型は、お姉さんキャラだ。

そういうアニメの女性像を合成して作り上げられた朝比奈さんの魅力は、『ハルヒ』の物語に彩りを添えるだけでなく、この物語をメタフィクション化する

役割を担っている。この物語は、過去から未来へと一直線に流れる時間軸の物語ではなく、パラレルワールドを前提として展開する。だからこそ、朝比奈さんは、どの美少女キャラにもなりうるし、現に、高校生の朝比奈さんと、大人バージョン朝比奈さんは、別々の時間軸にいる、異なる人格をもった同一人物だといえるのだ。

3）古泉の場合

このイケメンキャラは、『ハルヒ』の女性ファンをとらえて離さない、典型的な王子キャラだ。しかも、超能力者で、謎の組織の主で、黒幕的に大活躍する、能動的な、ある意味でキョンよりも主人公的なキャラだ。しかも、このキャラは、さりげなく天然ボケをかます部分もあって、そういうちょっと抜けたところがまた、女性ファンの母性本能をくすぐるのだ。

このように、女性ファンの心を憎いまでにとらえる要素を合わせもつ古泉だが、こういう主役的なアニメキャラを、あえて脇役にもってくるところが、作者の見事な手腕だといえる。

つまり、キョンが主人公だということは明らかなのだが、実際のところ、キョンは巻き込まれて否応なく動いているだけで、なかなか能動的に物語にコミットしようとしない。だが、脇役たちがキョンを主役にふさわしく目覚めさせようとしていることも、物語の中で何度も描かれていて、古泉はその中でも、キョンの影のような存在だといえる。

ちなみに、キョンと古泉は、二人でひとつの男性キャラペアとして描かれていて、これは、まったく、相棒系の男性キャラの造形のお手本のようなものだ。これは、一人の人物の裏表を、別人物として描く手法で、古くはホームズとワトソンに始まり、アニメのキャラとしては『ルパン三世』のルパンと次元や、『科学忍者隊ガッチャマン』のケンとジョーなど、ヒーローの二つのタイプを描き分ける場合の定番である。

それが、近年では、いわゆるBL（ボーイズラブ）の二次創作のネタになっている。つまり、『ハルキ』のキョンと古泉のペアにも、女性ファンはBL的なにおいをかぎつけて、二次創作の形でその同性愛的な可能性を展開させて楽しんでいるのだ、といえる。

4）佐々木の場合

　佐々木は、あとで詳述するが、ハルヒに代わってヒロインになる可能性を秘めた女性キャラであり、キョンに対して古泉が影になるのと同じように、ハルヒの影としての存在である。

　佐々木は、ハルヒと同じ、いやむしろまさるぐらいのポテンシャルをもち、その性質は完全に対照的で、外見も対照的だ。だからこそ、『涼宮ハルヒの驚愕』の（前）・（後）の表紙は、ハルヒと佐々木のペアになっているのであり、キョンにとって、その両者の間で選択に悩む、という伝統的な三角関係の物語が描かれるのだ。

　ハルヒの影が長門であるという見方もできるのだが、佐々木が登場するに及んで、明らかに長門は、ハルヒとキョンとの三角関係から、一歩ゆずることになった。それは、長門の存在が、佐々木とは別の意味で、ハルヒを凌駕してしまったからであり、『涼宮ハルヒの消失』で、限りなくヒロインに近い座を占めていることで、長門は『ハルヒ』の物語とは別の次元で、キョンとの物語を内包することになった。だから、長門が主役のエピソードである『消失』では、ハルヒでさえ脇役にみえてしまう。そこでは、長門はキョンにとって唯一無二のヒロインとなることになる。

　それは、あるいは作者自身も気づかないうちに、長門の原型が、作者にとって個人的に大事な存在につながることを示唆しているのかもしれない。

　だが、佐々木の場合は、長門と違って、人工的に作られた典型的なキャラではない。ハルヒともども、佐々木は、作者のオリジナルなキャラだといえる。そういう意味では、佐々木の造形は、作者が初めてオリジナルに創作した女性キャラだともいえるのだ。

　ハルヒというヒロインが、作者の要請よりもむしろ物語の要請に従って現れたとすると、佐々木は、ハルヒのアンチテーゼであり、物語を打ち消す役割を担って、作者によって要請され、創造された、純粋に作者の望むヒロイン像の具現なのだ。

　だからこそ、佐々木は、『ハルヒ』の物語にずっと登場することはなく、別の物語の主役として、キョンとの過去をもっているのだ。だから、キョンと

佐々木の物語が、別冊の形で、本編とは別枠で、スピンオフ的に描かれたのは、必然的なことだった。

あのスピンオフでの佐々木は、ハルヒ以上にキョンを占有してしまっていて、これを本編で描くと、物語の重心が、あまりに三角関係に傾きすぎるだろう。佐々木は、あくまで、トリッキーな存在として、物語を一時的にひっかきまわして、また去って行く、ゲストキャラでなければならなかったのだ。

(3) 村上作品のキャラたちと『ハルヒ』のキャラとの共通点

以上、『涼宮ハルヒ』シリーズのキャラについてみてきたが、次に村上作品のキャラたちを整理し、ハルヒキャラとの共通点を探ってみたい。

1) ツンデレ属性のハルヒと、ハルキキャラのツンデレぶり

例：小指のない女の子、ユキ、笠原メイ、すみれ

いわゆる"ツンデレ"というのは、アニメキャラなどで、「ツンツン」しているのに好きな人の前では「デレデレ」する女子（まれに男子も）のことで、キャラの"属性"の中では、知名度が高い部類だ。

"ツンデレ"属性の特徴としては、容姿は端麗、頭脳も明晰、しかし普段の表情や態度が無愛想、口調は攻撃的、あるいは投げやり、それでいて、好きな人の前では、照れながらもでれっとした態度に変わり、わざと怒ってみたり、すねてみたり、わがまま言ってみたり、と、相手の気を引こうとする、というような例が挙げられる。

これは、そのまま、涼宮ハルヒにあてはまる特徴であり、ハルヒがツンデレキャラなのは、もちろん偶然ではなく、作者の手で、そう設定されたからだろう。というのも、ツンデレ属性は、ハルヒが最初というわけではなく、アニメやマンガ、それにライトノベルの中で多用されてきたキャラ属性だからである。古くは、手塚アニメ『海のトリトン』のピピなど、アニメのヒロインは、ツンデレキャラの場合が多かった。

それに対して、普通、文芸小説の場合は、キャラ造形というものは定型にはまることを嫌い、なるべく人格に幅をもたせようと試みることが多い。だから、文芸小説の登場人物が、キャラというようなテンプレート的造形で描かれ

第3章　ハルキとハルヒ？〜村上春樹の小説とラノベ『涼宮ハルヒ』の共通点〜　59

ることはまれだった。強いて挙げれば、『三四郎』（夏目漱石）の美禰子が、ツンデレの元祖だろうか。

　もっとも、古典文学にさかのぼれば、ツンデレなどごろごろいそうではある。というのも、日本の女性の共通したイメージとして、古来、人前では控えめ、というのが特徴だったからである。そう考えると、そもそもツンデレというのは、日本女性の特徴そのものをキャラ造形に応用したのだということもできるかもしれない。

　もっとも、ここでは、古典の問題はひとまず置く。

　そこで、村上文学におけるツンデレキャラである。

　村上作品のヒロインたちは、みな、ほとんどが、まるで絵に描いたようなテンプレート的造形をされている。その原因は、村上作品の女性が、当初、名前をもたなかったことにあるといえる。つまり、「指のない女の子」や、「双子」、そして「素敵な耳の彼女」である。この女性たちは、意図的に名前なしの存在として、記号的な描き方をされている。だから、必然的に、その人物造形は、身体的特徴や、言動の特徴で区別されるしかない。

　この方法は、人物を意図的にキャラとして定型の姿に描く作業と似てくる。だから、村上作品は、期せずしてか、あるいは意図的にか、文学作品としては珍しく、キャラ立ちしているといえる。なぜなら、初期作品の人物は、みな、名前がなく、まさにキャラ属性で区別するしかなかったからだ。

　男性の登場人物も、語り手の「僕」は別として、「鼠」も、「ジェイ」も、そして「先生の秘書」も「羊男」も、みな、キャラ立ちがよい。

　女性キャラでは、「指のない女の子」が、村上版ツンデレ女性の元祖である。彼女は、最初から「ツンツン」していたし、のちに、「僕」の前でだけは「デレデレ」になる。そして、おそらく外見も、容姿端麗、頭脳明晰である。まさに、絵に描いたようなツンデレぶりだ。

　その次にでてくるツンデレ女性は、どちらも十代の女の子で、ユキ、笠原メイ、が挙げられる。その後、ハルキワールドの女性たちは、ツンデレの登場がまれになるが、それはおそらく、『ノルウェイの森』以来、キャラに名前がついたからだろう。さすがに、名前をつけたヒロインたちは、明らかなテンプ

レート的ツンデレキャラにはおさまらなくなる。そのあたり、作者の意図か、無作為かはわからないが、名前を与えられた女性キャラを描くとき、テンプレート的造形の枠におさまらない、人間的深みや幅が生まれてきたということで、文学作品の中の女性像を描く場合の、名前の重要性を示唆しているといえる。

２) 無口属性、電波系の長門と、ハルキキャラの無口、電波ぶり
例：双子、ふかえり

もちろん、アニメ作品で"無口"属性といえば、綾波レイがその代表だろう。しかも、綾波の場合、人造人間、コピー人間だという正体も相まって、人形的な造形が徹底的になされている。

その"綾波"系の無口キャラをさらに意図的におしすすめたのが、長門有希というキャラだ。これもまた、作者によって意図的に与えられたテンプレート的造形だが、この場合、念のいったことに、長門は人間ですらなく、宇宙人のようなもので、それも、実体をもたない「思念体」が、人間と意思疎通のために実体化したものだという。だから、長門の造形は必然的に、人工的であり、テンプレート的であり、作為的であることがむしろ自然なのである。

綾波と長門のいずれも、無口属性が、人造人間としてのキャラ造形を強調する効果を挙げていて、この無口キャラの魅力というものは、はっきりと、人形愛好につながる嗜好を意識しているといえる。

この無口キャラは、長門の場合、電波系という属性を付与されて、さらにキャラの人工的なイメージを強調している。コンピューターが音声で説明するような口調は、外見の人工性と相まって、ますます、長門を「しゃべる人形」という定型の枠にはめている。つまり、長門のように"無口"プラス"電波"というのは、人形キャラの定型として確立されているといえる。

その観点から、ハルキキャラをみると、当初、その意図はなかったかもしれないが、「双子」は完璧に"人形キャラ"である。あの双子は、完全なコピー、と表現されているように、外見は明らかに人工的であり、名前はなく、208、209というシリアルナンバーで呼ばれる。

これは人形キャラであるが、同時に、無口ではなく、奇妙な饒舌さをもって

いる。しかし、その話す内容は、意味不明で、いかにも電波系である。この双子の場合、後半にかけて、無口になっていくという変化があり、つまりは、作品の中で、"無口＆電波"キャラが完成していく過程が描かれているともいえるのである。

　それが、ふかえりになると、これは完全に意図的な、人造人間のキャラとなる。もはやふかえりは、アニメキャラの影響を明らかに受けているといってよいが、そもそもは、"無口＆電波"キャラの創造者が村上作品だったとすると、村上作品の中から生まれた"無口＆電波"属性が、ラノベを経て、アニメ・マンガのキャラ設定になって完成した、ともいえる。そのキャラ属性が、めぐりめぐって、村上作品に戻ってきたと考えると、実は現在のアニメ・マンガのキャラが、村上作品から生まれたともいえるのが面白い。

3）ロリ属性の朝比奈みくると、ハルキキャラのロリ萌えぶり

　例：ユキ、笠原メイ、ふかえり

　"ロリータ"属性の場合は、説明しやすい。なぜなら、そもそもロリータというキャラ設定は、ナボコフの小説『ロリータ』が元祖であり、この不朽の名作以来、少女を描く時、ロリータ属性をもたせない方が難しいともいえるからだ。

　小説『ロリータ』のヒロイン・ロリータとは、少女の特有の性質を体現した存在であり、小説で少女を描く時、多かれ少なかれ、ロリータ的な特徴をもたないことは稀だからである。だから、広義の"ロリ"属性は、このさい、置いておく。

　『ハルヒ』の中でロリ属性のキャラは、これまた意図的に、朝比奈みくるの姿で描かれている。この場合、未来人のエージェントとして、まさしく意図的にロリ属性を与えられている朝比奈みくるは、絵に描いたような"ロリ属性＆萌え"属性のキャラとして登場する。

　これに対して、ハルキキャラの場合、少女を描くとき、やはりロリータ的な部分を多かれ少なかれもっているのは、小説の宿命といえよう。ただ、ハルキワールドの少女のもつロリ属性は、ユキにしても、笠原メイにしても、意図的に、"ロリ＆萌え"を描いていると考えられる。なぜなら、両者とも、「中年

男性とからむ少女」という構図が、そもそも、ロリータ的な定型といえるからだ。そこには、必然的に、ロリータ的特徴が生まれる。

その効果を、もっと意図的に利用したのが、ふかえりの場合だ。これは、ストーリーの中で、ふかえりのもつロリ属性を、実際に少女作家として売り込むための武器に使うことになるから、物語の要請とキャラの一致だといえよう。

4）王子属性の古泉と、五反田くん
例：五反田くん

古泉は、これまた意図的に"王子"属性を付与されているが、これは、古泉という存在が、ハルヒの望んだ王子キャラそのものとして具現した可能性を示唆されている点、非常に巧みなキャラ設定だといえる。

古泉の場合も、『ハルヒ』の物語が、王子キャラの必要を求めたのだといえる。

これに対して、ハルキキャラには、王子キャラは少ないが、五反田くんの場合は、これまた、物語が王子キャラを要請したのだといえる。

人気アイドルとしての五反田くんのキャラ属性は、客観的にみても王子属性だし、中学時代の同級生だった「僕」の目からみても、ティーンの頃から五反田くんは、まさしく王子キャラだったことが語られる。その後、物語の中で、自身の王子属性が実は仮面であることが本人の口から語られるが、仮面だったからこそ、なおさら典型的な王子属性である必要があったのだ。

2.『ハルヒ』と春樹の文体～谷川流の村上春樹文体へのリスペクト～

（1）村上作品の語り口と『ハルヒ』の語り

「やれやれ」という挿入句は、村上作品の語り手「僕」の常套句であるとともに、『ハルヒ』の語り手のキョンの常套句でもある。これは、偶然とは考えられない。

なぜなら、『ハルヒ』の作者、谷川流が、村上春樹に影響を受けていることは間違いないからだ。そのもっともわかりやすい証拠は、「長門の百冊」（『ザ・

スニーカー』2004年12月号）に村上作品が入っていること、アニメ版『ハルヒ』にも村上作品が頻出することである。

　もっとも、この二人の作家は、「やれやれ」だけでなく、基本的に、語り口が似ている。似ているのは、もちろん、谷川流が村上作品の語り口に影響をうけているからだが、これは、谷川だけでなく、ライトノベル全般にいえることだ。

　特に、男性の主人公一人称の語りの場合、その類似は顕著で、そういう文体は、村上春樹がハードボイルド作品の文体から日本文学に導入し、ハルキ以後の作家にとって、ごく普通に使われるようになったものだ。だから、村上作品と谷川流の文体の類似をいちいちつきあわせてみても、あまり益はないだろう。

　けれど、村上春樹の場合と、谷川流の場合が似ているのは、特に方言の使い方についてなど、やはり無視できない部分が多い。

（2）　村上春樹の語り口

　京都に生まれ、西宮と芦屋で10代まで育った村上春樹は、デビュー作『風の歌を聴け』やベストセラー『ノルウェイの森』などで故郷の阪神間を描いている。しかし、「無国籍な翻訳文体」と評されるように、村上の文体には方言はほとんど出てこない。村上春樹がなぜ方言の文体を捨て、世界中で愛読される文学世界を築いたか？　そもそも、村上春樹本人が、エッセイで方言の語りについて、こう述べている。

> 　関西弁に話を戻すと、僕はどうも関西では小説が書きづらいような気がする。これは関西にいるとどうしても関西弁でものを考えてしまうからである。関西弁には関西弁独自の思考システムというものがあって、そのシステムの中にはまりこんでしまうと、東京で書く文章とはどうも文章の質やリズムや発想が変わってしまい、ひいては僕の書く小説のスタイルまでががらりと変わってしまうのである。
>
> 　　　　　　　　　（村上春樹　『村上朝日堂の逆襲』　新潮文庫　1989年　p.26.）

だが、そうはいっても、作者本人が意図的にか無意識にか、関西語りを残している部分もあるので、方言の語りの問題はそう簡単ではない。

　「耳遠いから、もっと大きな声で呼ばんと聞こえへんよ」と女の子は京都弁で言った。
　（中略）
　「まあぼちぼちおしまいやわねえ」と女の子は言った。
（村上春樹　『ノルウェイの森』　上巻　講談社文庫　1991年　p.253-254.）

このような、村上春樹の方言語りは、宮本輝や田辺聖子の場合のようには成功していない。作者自身、方言を挿入することについて、いまだに試行錯誤をしているようにもみえる。

　いずれにせよ、村上作品における関西方言の扱いは、会話における挿入効果を狙ったものだと思えるのだ。だから、村上作品の文体は、作者本人がエッセイで述べたように、英語で書いたものを日本語に翻訳し直したところからスタートしたもので、方言の語りを極力排除し、基本的に無国籍、ニュートラルな語りを実現しようとしているといえる。その結果、文芸小説としては非常にドライな、ハードボイルド風の日本語文体を、村上春樹は書いてきたのである。

　たとえていうと、村上春樹のハードボイルドSFタッチは、映画『ブレードランナー』をほうふつとさせるのである。SF映画のカルト的作品『ブレードランナー』は、原作のフィリップ・K・ディックの小説よりもよくできた名作だといえるが、原作がそもそも、SFハードボイルドの形式で書かれている。映画の方も、主人公の独白による語りで描写され、主演のハリソン・フォードによるぶっきらぼうなモノローグは、映画の雰囲気を見事に体現しているといえる。映画『ブレードランナー』がもつハードボイルドタッチのSF的な雰囲気は、村上作品の語り口や、物語の醸し出すムードに、非常に近いものがあるのだ。

（3）谷川流の語り口

　一方、谷川流の場合、ことはもっと簡単だといえる。谷川作品の文体は、少なくとも『ハルヒ』シリーズにおいては、終始一貫している。それは、語りのキョンの視点からのみ語られていて、完全に一人称の男性語りによる、ハードボイルド風、あるいはミステリー風の「ぼやき」文体である。ゼロ年代に頻繁に用いられた、饒舌文体の亜種のようでいて、谷川作品の文体は、非常に意識的に抑制された饒舌文体だといえる。

　それは、たとえば、言葉の奔流のような饒舌文体が、ジャズのライブにおけるアドリブソロのようなものだとすると、谷川文体は、ジャズのアドリブソロをインプットして、リミックスして用いているということもできるだろう。

　それは、やはりライトノベルという媒体の性質上、ストーリーテリングを最優先させる必要に迫られているからだといえよう。つまり、ライトノベルの小説を書く限り、読者は非常に限定される宿命がつきまとう。だから、たとえば同じ饒舌文体を駆使するにしても、町田康のような、あるいは舞城王太郎の文芸小説のような、読者を無視しかねないレベルのアドリブの連発をするわけにはいかないに違いない。

　そもそも、日本の戦後小説における饒舌文体の元祖というのは、筒井康隆にあると考えられるし、筒井作品の文体がジャズのアドリブから派生していることは、筒井自身も認めるところだ。とすると、谷川作品の文体は、関西SFの大先輩というべき筒井康隆作品の饒舌文体を、インプットして、リミックスしたものとも考えられる。

　つまり、谷川流の文体は、独特のハードボイルド風饒舌文体だが、それはきわめて意図的に計算された、コントロールされつくしたもので、キョンの語りが、とりとめもなく続くようにみえて、実は各章のストーリー展開が最優先されていることがわかる。それは、『涼宮ハルヒの憂鬱』において、すでに完璧に近い構成を成し遂げているし、『涼宮ハルヒの驚愕』にいたっても、なお、あの複雑なプロットを、見事に構築している。

　特に『涼宮ハルヒの驚愕』では、村上春樹の『世界の終りとハードボイルド・ワンダーランド』を明らかに意識した、語り手の意識の分裂と融合にいた

る過程が描かれる。そこでも、谷川文体は、二つにわかれた語り手の語りの文体を、完璧に制御していて、二つの部分が再び合わさる終盤まで、一人の人間の意識が分裂しているパラレルな世界を、キョンの語りそのもので見事に表現しているといえる。しかも、村上春樹がやったように、意図的に「私」と「僕」に呼び名を変えて、文体も、コミカルなハードボイルド風とリリカルなリアリズム文体とにはっきり区別して書き分ける、というような作為をしていない。

　さすがに、読者が混乱しないように、二つの部分の区別をつけるために行の位置を上下にずらして、一見して見分けられるようにしてあるが、これはおそらく編集段階での工夫であろう。

　谷川文体は、二つに分かれたキョンの意識を交互に描くとき、特に文体そのものには差異を感じさせずに、二つのパートの違いを読者に感じさせる、非常にテクニカルな文体を駆使しているのだ。これは、饒舌文体をリミックスするという、サンプリング音楽のような文体を谷川がマスターしているからこそ可能になる力技であって、普通は、こういう複雑な書き方をすると、作品が非常にわかりづらくなるだろう。

　谷川が『涼宮ハルヒの驚愕』で実現しているきわめて高度な語り口の技法は、村上春樹が頻繁に使う文体の語り分けのテクニックを、踏襲しつつ、さらにコントロールをきかせて、ライトノベルが読者から要求される読みやすさを実現している。

　その意味で、谷川文体は、村上作品の文体をインプットしてサンプリングした、村上作品のジュブナイル化された継承、という位置づけもできるのである。

　また、谷川流の独特のミステリータッチのベースにエラリー・クィーンがあることは、作者自身がクィーンの愛読者であることからみてもそういえるだろう。

3. 村上作品のストーリーと『ハルヒ』のストーリー
　～ストーリーの類似と違い～

　村上作品と、谷川作品は、基本的には、SFのスパイスをきかせて、ハードボイルドとミステリーをベースにしたストーリーテリングだといえる。
　たとえば、村上春樹の場合、『世界の終りとハードボイルド・ワンダーランド』は、見事な完成度のSFハードボイルドミステリーだといえよう。そして、谷川流の場合は、特に長編で、ハードボイルドタッチのシーク＆ファインドのストーリーテリングを駆使している。
　しかし、村上作品は、谷川作品のようなライトノベルではない。その唯一の相違は、イラストのしばりがない、という点である。
　これは、一見ばかげたことのようで、実は深刻な問題なのである。つまり、村上作品には、イラストイメージのしばりがないため、キャラもストーリーも作者の自在に操れる。ところが、谷川作品の場合、イラストがキャラを固定してしまうので、どうしても作者の描くストーリーにバイアスがかかる。
　さらに、村上作品のストーリーを、谷川作品の場合と比べて、きわだった違いは、オープンエンドである点だ。もちろん、『ハルヒ』シリーズもまだ完結していないので、最終的にはオープンエンドになる可能性はある。だが、おそらくライトノベルのシリーズという縛りがあるので、なんらかの決まったエンディングは必要だろう。
　村上作品の場合、すべて作者の裁量で、結末も無理につける必要はない。だから、村上作品はほとんどが、結末の部分は、読者の自由な解釈にまかされている。そこから、ストーリーの続編を考えることさえ、可能だ。二次創作を、村上春樹自身、興味深く思っているらしい。ともあれ、村上作品は、オープンエンドな結末が、さらにストーリー全体を自由に変奏させる可能性さえもたらす。
　これに対して、『ハルヒ』は、サイドストーリー的に発展させる可能性はあるが、メインストーリーは、決して作者の手を離れることはない。『ハルヒ』

の物語の結末は、いつか必ず、つけられるに違いないのだ。
　以上、みてきたように、村上作品と、『ハルヒ』の描く世界は、非常に距離が近いのである。そのエッセンスをまとめると、キャラと引用とパロディをハイブリッドしたSFタッチのボーイ・ミーツ・ガール作品だということができる。
　さらに付け加えると、村上作品と『ハルヒ』のどちらも、作品中に小道具的に使う楽曲が、マニアックなまでに詳細であるという共通点がある。そこには、村上春樹と、谷川流の両者が、日本の中でも音楽文化の根付いた先進地である阪神間の出身だということも影響しているといえる。
　そこで、次に、村上春樹と谷川流の共通の風景である阪神間の風景について考えてみたい。

4. ハルキとハルヒに描かれた阪神間

（1）ハルキとハルヒの風景の必然性
　　　〜「阪神間キッズ」としての村上春樹と谷川流〜
　村上春樹は、生まれは京都だが、すぐに西宮市夙川(しゅくがわ)に引っ越してきて、幼少期を暮らし、その後芦屋に転居した。兵庫県立神戸高校を卒業して、早稲田大学に進学するまで、阪神間で暮らしていた。大学以降、生活を東京に移した。
　谷川流は、生まれも育ちも阪神間。今にいたるまで阪神間在住である。
　村上春樹は、一般に東京のイメージが強いかもしれない。しかし、村上自身は、東京が嫌いだということをエッセイなどで語っている。古い日本文化と西洋の先端文化の融合した土地である阪神間に育った者の目には、東京は味気ない街でしかないのかもしれない。その作風は、まぎれもなく阪神間の成熟した文化が生んだものである。
　一般的に、明治以降、阪神間といえばブルジョワ文化の華開いた先進地であり、その特徴は、私鉄王国というような呼び方にも現れている。また、大正

期、「大大阪」の繁栄を謳歌した財閥の面々が、きそってお屋敷を建てた土地でもある。

関東大震災の際には、東京から多くの文化人が避難してきて、そのまま居着いてしまったことも、阪神間の文化的蓄積になにがしか影響している。

その具体的な例として、モダニズム建築と、音楽、絵画文化の蓄積があり、また、文豪たちの活躍の場としての阪神間があるのである。明治維新以来の居留地による最先端文化の地であり、反面、古くは平安時代にさかのぼる古典文学の地でもある。このような幅の広い文化の蓄積の上に、阪神間の独特の空気感が醸成されてきたのである。

つけくわえると、阪神間の文学は、世界的にも評価が高いのである。たとえば、阪神間で活躍し、阪神間を描いた作家は、ノーベル文学賞の候補になっている。谷崎潤一郎は、ノーベル文学賞候補者となったし、日本人で唯一のフランス・プレイヤード叢書収録作家である。川端康成は、日本人初のノーベル文学賞受賞者である。井上靖もまた、ノーベル文学賞候補者となった。同じく、村上春樹はノーベル文学賞候補者であり、日本人作家としては異例の多さの各国言語に翻訳され、海外でもベストセラーを連発している。

まず、阪神間という土地柄の特徴として、明治以来の西洋文化の影響と古い日本文化とが入り混じっていることがある。大正から昭和の初期にかけて、阪神間には、日本では珍しくブルジョワ文化が華開いていた。そこから谷崎の文学も生まれてくるのだが、戦後の阪神間には、1950年代まではブルジョワ文化の名残があったという。

村上春樹の場合は、両親とも国語の教師で、小さい頃から本をつけで買い、毎週のように映画を観て、10代のころにはレコードのコレクションで片っ端からジャズやクラシックを聴いて育った。ささやかながら、ブルジョワ文化の名残を受けて育っ

村上春樹少年がつけで本を買ったといわれる阪神電鉄芦屋駅前の書店。

たといえよう。

　阪神間のブルジョワ文化の滅びる寸前の空気を吸って育った中から育まれたなにものかが、春樹の文学の根底にはある。それは、日本文化の伝統と西洋文化の影響が入り混じった独特の感性としか呼びようのないものである。

　もう一つ、映画の影響にも触れておきたい。村上春樹は、幼い頃から父親に連れられて神戸の映画館で洋画を観ていた。1950年代のアメリカの西部劇や戦争ものが多かったらしい。中学生になると、一人で映画館に通って、アートシアターも観るようになった。高校時代の村上春樹は、神戸の映画館で観た映画や、神戸国際会館で観たコンサートや演劇の批評を高校新聞に書くようになる。今の衛星放送のように、当時の神戸や大阪の映画館は、洋画の名作から最新のものまで、幅広く上映していた。終戦後間もない頃でも、阪神間の市民は、そういう娯楽を休日のたびに家族で楽しんでいた。神戸と大阪に挟まれた阪神間の町には、東京とは一線を画する文化的成熟があったのである。

　阪神間の先進性の例として、『映画をめぐる冒険』（川本三郎との共著）に書かれた、村上春樹少年の映画体験の例をみてみよう。

　　　日曜日の朝になると僕はいつも父親が「今日は映画でも見にいくか」と言いだすのを心待ちにしていたものである。我々は神戸か西宮の映画館にでかけ、だいたいそのあとで食事をした。昭和三十年代の前半、今ほど世間の生活は豊かではないにせよ、妙にくっきりした印象のある時代だった。
　　　　　　（村上春樹、川本三郎　『映画をめぐる冒険』　講談社　1985年　p.4.）

　このような、文化的先進地で育った村上文学の中には、古きよき阪神間の空気が息づいている。

　以下、村上作品に描かれた阪神間の描写の例を、みてみたい。

　　　時間はたっぷりあったし、するべきことは何もない。僕は街の中をゆっくりと車で回ってみた。海から山に向かって伸びた惨めなほど細長い街だ。川とテニスコート、ゴルフ・コース、ずらりと並んだ広い屋敷、壁そして壁、幾つかの小奇麗なレストラン、ブティック、古い図書館、月見草の繁った野原、猿の檻のある公園、街はいつも同じだった。
　　　僕は山の手特有の曲りくねった道をしばらく回ってから、川に沿って海に下り、川

口近くで車を下りて川で足を冷やした。テニス・コートではよく日焼けした女の子が二人、白い帽子をかぶりサングラスをかけたままボールを打ち合っていた。
(村上春樹 『風の歌を聴け』 講談社文庫 p.101)

　五十メートルぶんだけ残されたなつかしい海岸線だった。しかし、それは高さ十メートルもある高いコンクリートの壁にしっかりとはさみ込まれていた。そして壁はその狭い海をはさんだまま何キロも彼方にまでまっすぐに伸びていた。そしてそこには高層住宅の群れが建ち並んでいた。海は五十メートルぶんだけを残して、完全に抹殺されていた。
(中略)
　僕は川を離れ、かつての海岸道路に沿って東に歩いた。不思議なことに古い防波堤はまだ残っていた。海を失った防波堤はなんだか奇妙な存在だった。僕は昔よく車を停めて海を眺めていたあたりで立ちどまり、防波堤に腰かけてビールを飲んだ。海のかわりに埋立地と高層アパートが眼前に広がっていた。
(村上春樹 『羊をめぐる冒険』 講談社文庫 pp.146-147)

　このような、村上春樹の小説中の描写が表す阪神間独特の空気感というのは、実は今の現実の阪神間からは、すでに失われた空気感だということもいえる。そこには、明らかに、時代の変化の影響というものがある。
　村上春樹の育った阪神間と、谷川流の育った阪神間は、同じ土地でありながら、はっきりと、時代の差というものが感じられる。

村上春樹『風の歌を聴け』に描かれた古き良き芦屋の風景。

芦屋川の河口の海岸で、「僕」と「鼠」は友情を誓い合った。

（2） ハルキとハルヒの時代設定の必然性

　村上作品の中で描かれる阪神間は、ほとんどが、1960年代末までの阪神間である。それは、作者が大学進学のために上京するまでの阪神間であり、まだ海浜で子どもたちが普通に泳げたような阪神間なのである。
　たとえば、『風の歌を聴け』の「僕」が住む実家は、ごく普通の中流家庭の一軒家である。一見、ポップなライフスタイルにみえて、意外にも「僕」の実家は非常に保守的で、なんと家訓に従って「僕」は毎晩、父親の靴を磨く習慣だという。作品の背景に見え隠れしている地方の中流家庭の保守性と、厳しい父親の存在が、「僕」の反抗的な生き方の理由になっているのである。

　　「どんな用事？」
　　「靴さ。靴を磨いてたんだ。」
　　「そのバスケットボール・シューズのこと？」
　　彼女は僕の運動靴を指さして疑ぐり深そうにそう言った。
　　「まさか。親父の靴さ。家訓なんだよ。子供はすべからく父親の靴を磨くべしってね。」
　　　　　　　　　　　（村上春樹　『風の歌を聴け』　講談社文庫　p.76）

　一方、「鼠」が住んでいる、非現実的な成金の豪華な邸宅も、のちに親が「鼠」に与えたマンションも、時代を反映していて面白い。当時でいうと、豪華なマンションなのだろうけれど、バブル以降の阪神間であれば、いくらでもありそうなマンションにみえるのである。

　　　　部屋は実にゆったりと設計された2DKで、エアコンと電話、17インチのカラー・テレビ、シャワー付きのバス、トライアンフの収まった地下の駐車場、おまけに日光浴には理想的な洒落たベランダまでが付いていた。南東の隅にある最上階の窓からは街と海が一望に見下ろせる。（村上春樹　『1973年のピンボール』　講談社文庫　p.44）

　そのほか、『ノルウェイの森』でも、『国境の南、太陽の西』でも、阪神間の中流家庭や、学校が描かれるが、いずれも、今の阪神間の描写ではなく、古き良き時代を描いたものだということは明らかである。
　ただ、唯一、阪神・淡路大震災以後の神戸が描かれるのが、『海辺のカフカ』である。そこに描かれた神戸の情景は、かつての古き良き阪神間の描写とは似

ても似つかない、奇妙にさびれた、あるいは劣化したような風景として描写されているのが、非常に興味深い。

　年代的には、おそらく 2002 年ごろの神戸である。物語中に、辻仁成と中山美穂結婚のニュースらしきものが挿入され、MD ウォークマンで少年がプリンスやレディオヘッドの曲を聴いている、そんな時代なのである。

　まだ携帯は、大人が持つものというイメージだったその時代、神戸の食堂でトラック運転手の星野さんと、謎の老人ナカタさんが、夜行便の仕事のあと、朝ご飯を食べる場面で、2002 年ごろの神戸が描かれている。ところが、その神戸は、元の古き良きおしゃれでハイソな神戸のイメージではなく、あくまで、長距離トラックがコンテナ埠頭で荷物を積み降ろし、トラック運転手たちが場末の食堂で朝ご飯を食べているような、そんな町としてしか、描かれない。

　そうして、ナカタさんは、港の公園でずっと海をながめるのだが、その海は、もちろん、作者自身が子どもの頃泳いだようなきれいな海岸ではなく、巨大な港のよごれた海面にすぎないのである。

　一方、『ハルヒ』に描かれた阪神間は、どんな時代なのだろうか。

　作者谷川流は、初期の村上作品が描いた 60 年代末から 70 年代初頭に生まれ育っている。そして、ハルヒ自身は、ちょうどカフカ少年が神戸を通過して四国へ渡ったころの時代に、中学生時代を送っているのである。

　そして、『1Q84』の時代、谷川流はまだ中学生のはずで、ハルヒは、1995 年の阪神・淡路大震災の時には、まだ幼稚園児だったのだ。2003 年に 16 歳で高校に入学することになるハルヒは、奇妙な偶然の一致だが、2001 年に、9.11 同時多発テロの直前、たなばたの夜に宇宙人にメッセージを送るのだ。

　このように、村上春樹の描いた阪神間の空気感の中で、谷川流は生まれ育ち、その谷川が生み出したハルヒは、村上作品のカフカとすれ違うようにして成長していく。この微妙なずれが、村上作品とハルヒとの接点でもあり、相違点でもある。もしハルヒが、カフカ少年と出会っていたら、などと想像するのも、また面白いだろう。

第4章

ジャパニメーションは関西生まれ？
～アニメと文学と阪神間～

1. ジャパニメーションは関西生まれ？

（1） ジャパニメーションは関西生まれ？

　世界に冠たる日本のアニメ、いわゆるジャパニメーションだが、元々は、手塚治虫の虫プロが日本のアニメ会社の嚆矢だということは、つとに知られている。手塚の理想は、アニメ界の後進たちにしっかりと受け継がれた。
　ここでは、まず、ジャパニメーションが関西生まれだということについて考えたい。90年代を代表するアニメ『エヴァンゲリオン』が、実は南大阪生まれだった、などといえば、おそらく反論があるだろう。しかし、『エヴァンゲリオン』を生んだ制作会社ガイナックスの主要メンバー三人が、南大阪にある大阪芸術大学の学生だったことは、意外に知られていないのかもしれない。
　そのメンバーたちのリーダー格だった岡田斗司夫が、著書『遺言』で語ったように、ガイナックスの元となったアニメグループ誕生のきっかけは、SF大会の大阪大会のために創った衝撃的なプロモーション作品だったという。のちに『エヴァンゲリオン』を創り、アニメ史に一大変革をもたらしたガイナックスが生まれた関西の土壌とは、どのようなものだったのだろうか。
　あるいは、大阪芸術大学の自由奔放な空気がのちのガイナックスを生み、アニメの世界にも革命をもたらした、というのは、言いすぎだろうか。しかしな

がら、大阪"芸能"大学などと揶揄されたぐらい、この大学からは、テレビ関係や芸能関係に縁の深い卒業生が巣立っている。あの世良公則や中島らももも、そうだった。筆者自身も卒業生なので、あの独特の空気をよく知っている。
　ガイナックスの面々がこの大学に在籍していた当時、日本には、サブカルを本格的に学べる大学など、数えるほどしかなかったことを押さえておきたい。大阪芸大は、その数少ない例の一つで、しかも関西では唯一といってよい場所だった。
　ガイナックスのデビュー作となったアニメ『オネアミスの翼』は、公開当時、アニメファンに衝撃を与えたといってよい。当時は、いわゆるアニメブームの最盛期だった。コアなアニメファンたちは、テレビアニメはもちろんのこと、毎年数多く公開されるアニメの劇場作品をはしごしたものだが、それだけでは満足できず、数々のOVA作品をレンタルビデオでみたものだった。
　筆者が当時、初めて『オネアミスの翼』をみたときも、大変な興奮を味わったことを覚えている。おそらく、その衝撃は、それまでのアニメ作品のエッセンスを、マニアックなまでに詰め込んだハイブリッドな造りにあったのだと思われる。
　ガイナックス作品は、『オネアミスの翼』にしても、『トップをねらえ！』にしても、そして『エヴァンゲリオン』にしても、それまでのアニメ作品やSF作品のエッセンスを集約し凝縮したハイブリッド的な作品である。リアルタイムでガイナックス作品をみてきた私たちの世代のアニメファンは、盛り込まれたネタを楽しみながら、そこから新しいなにかが生まれてくるのをじっと見守っていたのだ。
　ガイナックス作品の視聴者への浸透力は、宮崎アニメにも匹敵した。同年代のアニメファンの中で、リアルタイムで『ふしぎの海のナディア』をみていた人は多い。アニメから遠ざかって久しい人の中にも、いまでも『ふしぎの海のナディア』の映像をおぼえている人がかなりの数いることは、驚きである。
　『ふしぎの海のナディア』でNHKと組んだことによって、思いがけないほどの影響力を得たことは、ガイナックスのその後の展開に大いに役立ったといえる。NHKアニメとしての圧倒的な数の力があってこそ、『ふしぎの海のナ

ディア』はあれほど浸透したのだ、ということもできるだろう。

　それにしても、『エヴァンゲリオン』がリアルタイムで放映されていた当時は、テレビアニメの扱いが実にずさんなものだったか、ということは、驚嘆に値する。あのある意味非常に危険な作品『エヴァンゲリオン』を夕方、小学生が普通にみていたのだということだ。逆にいえば、『エヴァンゲリオン』のような物議をかもすアニメ作品が、普通に家庭で、小学生でも夕方のアニメ枠で視聴できたぐらい、当時の日本には、アニメ作品が浸透しきっていた、ということがいえる。

　このように、『エヴァンゲリオン』を夕方になにげなくみて育った子どもたちが、のちに現在のいわゆるジャパニメーションを担うことになったのだ。つまり、ジャパニメーションとは、関西で生まれたガイナックスアニメが、それまでのアニメ作品のエッセンスを集約、凝縮し、洗練させた作品『エヴァンゲリオン』という土壌の上に、華開いたということがいえよう。

　たとえていえば、平安以来の古典文学の蓄積の土壌を洗練しつくして江戸期の文学が華開いたようなものだともいえる。言い換えると、日本のアニメ作品のクオリティの高さと奥深さは、一朝一夕にできたものではなく、ほぼ半世紀の歴史の蓄積の上に、ハイブリッド化されて生まれたものなのである。そこには、アニメ作品の要素だけでなく、SF映画や小説、マンガ、そして現代小説の影響がみてとれる。

　そのもっともわかりやすい例が、村上春樹の小説に影響を色濃く受けた『涼宮ハルヒ』なのである。しかも、奇しくも、両者がともに関西の文化的土壌から生まれた作品だというのも、必然的だといえよう。

　ガイナックスなどの関西発のアニメの流れからいうと、現在のアニメ作品の中で、大いに世間でもてはやされている『けいおん！』を生んだのも関西だということは、非常に興味深い。

　今、世界に向けて『涼宮ハルヒ』『けいおん！』などの人気アニメを生み出している京都アニメーションは、もちろん、関西で気を吐いているアニメ会社である。京都アニメーションの存在感とクオリティは、今の日本アニメ界の中でも特筆に値する。その職人芸的なこだわりによる圧倒的な作品の完成度は、

手塚治虫の虫プロの理想を引き継いでいるともいえるだろう。

　虫プロといえば、もちろん手塚治虫は関西出身である。その手塚が生んだ虫プロの作品製作は、流れ作業的なマスプロ製作とは対照的な、手作り感覚の作品だった。日本のアニメ製作のクオリティは、まさに日本の誇る中小工場の職人的技術のような、職人芸の継承によって支えられてきたのだといえる。

　ここで、アニメ製作の職人芸の継承者、京都アニメーションについて少しみておきたい。

　『ハルヒ』『らき☆すた』に続いて、『けいおん！』で社会現象を生み出した京都アニメーションは、今まさに旬のアニメ制作会社である。京都アニメーションは、そのスタッフの座談会で聞いた社内のエピソードや、作品製作の過程をみる限り、ごく当たり前の職人仕事、技術者のチームだといえる。

　人を育てるということを大切にしている点や、仕事の対象への愛情、仕事そのものへの思い入れから徹夜仕事も当然というような気風は、日本のどこにでもあった町工場のような、手仕事感覚だといえよう。それが、絶妙なチーム力で世界を制したのは、日本の中小企業が世界シェアを占めている他の分野と、同じような現象だともいえる。

　少し脱線するが、だからこそ演出家・山本寛はここから飛び出したのかもしれない。『ハルヒ』『らき☆すた』の演出家・山本寛は、よくも悪くもクリエーター気質だから、合議による作品製作の過程で、自分のエゴを抑えられないことが多かったのではなかろうか、と想像するのだ。

　例を挙げれば、『涼宮ハルヒ』アニメ第２期の、「エンドレスエイト」がある。あのような、一つのエピソードを繰り返し放映するというイレギュラーなやり方は、実験的手法というにはあまりにも冒険すぎた。実際に毎週アニメをみる視聴者の気持ちを考えれば、禁じ手だったことは明らかである。その証拠に、いまだにあのエピソード群に対しては、賛否両論があり、実験が成功したとはいえない。「エンドレスエイト」の実験的手法を主導したといわれる山本寛は、京都アニメーション的な町工場的アニメ製作過程に、もしかしてすでに限界を感じていたのだろうか。

　その後の山本寛の仕事については賛否両論かまびすしく、試行錯誤の連続

だ。山本寛が、再び『ハルヒ』製作に復帰することがあるのかどうかは不明だ。しかし、テレビシリーズの『ハルヒ』第1期のような、原作者と監督と演出、音楽、キャラ担当などのスタッフが、絶妙のコラボレーションを生み出しているアニメ作品は、まさに一期一会のもので、狙ってやろうとしても、うまくいかないのかもしれない。少なくとも、『ハルヒ』の第3期があるとしても、京都アニメーションの製作過程と、山本寛のいわば行き当たりばったりな作風は、すでにマッチしなくなっていると思えるのだ。

　京都アニメーションの現在の作品群は、どれも、よい意味での手仕事、職人気質が生み出した、工芸品のようなアニメ作品だからだ。それゆえに、アニメとしてのクオリティは高いのだが、反面、ややマンネリに陥っていることも否めない。もっとも、そのマンネリぶりは、京都アニメーションの社長自ら語っているように、コインの表裏として、いわば必要悪として容認されているとも考えられる。

（2）京都アニメーションについて
　1）京都アニメーションの八田社長はこう語った
　ところで、京都アニメーションの社長、八田英明氏の講演を聴く機会があった（2010年9月30日CMEX2010コンテンツビジネスセミナー）。
　まずは、八田社長の講演の要旨を紹介しておく。
　アニメ業界は下請け受注が多いが、京都アニメーションはライセンサーとして作品をつくっていくとのことだ。
　なぜ、京都からヒットが生まれるのだろうか。映画『涼宮ハルヒの消失』の場合、少ない劇場数からはじまって、そこから大ヒットに拡大していった。これからさらに世界へ広がっていくだろう、と予想している。
　京都にいれば、自ら作品をつくっていかなければ仕事がまわってこないのだという。
　元々、京都は文化の集積地で、この土地で多くのクリエーターが育っている。東京に負けない、京都発のコンテンツをヒットさせることを信じて、この25年間やってきたという。

第4章　ジャパニメーションは関西生まれ？～アニメと文学と阪神間～　79

　アニメの技術の高度化は、実は作品の画一化を招いている。独自性が不可欠、とのことだ。
　データ通信が早くなってきたおかげで、京都でも、徳島や富山でも、アニメ製作がひろがってきた。別に東京でなくてもできるし、地域性も出せる、と主張する。
　アニメ作りでは、予算次第でセル枚数をきめていくということは避けたい。京アニでは、見積に合わせて製作枚数を決めることはないように、と考えているのだそうだ。
　東京の場合、フリーを多く抱えている形態だが、京アニは、みんな社員としてやってきた。それが他の会社にはないエネルギーになっている。作品への熱い思いが、売れる原因かもしれない、と語る。
　つまるところ、ゲームに対してCGでは太刀打ちできない。アニメはキャラを動かすこと。人の思いがキャラを動かすとのことだ。
　よくもわるくも京都でやっていたせいで、タイトな時期でも、外注したくでもできなかったから、みんな社員として雇うことになった。それが強みになっている。人を育てることしか成長はない。人が思いを込めてキャラを動かす、それがアニメの原点だ、などと熱く語っていた。

　２）『けいおん！』の山田尚子監督はこう語った
　次に、同じ講演会で行われた『けいおん！』の山田尚子監督の談話について、要旨を紹介する。
　最初に、『けいおん！』の原作をみせられたが、すごく面白かった。なまじ、原作が面白いと、かえってアニメ化が難しいのだ。原作はプレッシャーだったが、あえて、原作とは違うものをつくろうと思った、とのこと。
　アニメは音と色が付くから、解釈をいっぱい盛りこんでもよいはずだ。最終的に『けいおん！』というまとまりができたらよい。でも、ファンが原作から想像している声や動きがあるはずだから、作品を差し出すときに緊張感があったのだそうだ。
　ポイントは、自分が一番の『けいおん！』ファンになること、という。
　マンガの『けいおん！』には親が出てこないが、アニメでは生活感をみせた

かった。日常の芝居に徹して、女の子が動いていることを第一においた演技付けをした。画面の中で、キャラが生きていることを意識した、などと語っていた。

3）京都アニメーションのスタッフはこう語った

次に、京都アニメーションスタッフである木上益治、武本康弘、石立太一の座談会について、要旨を紹介する（2011年11月3日京都アニメーション・スタッフ座談会、京都文化博物館）。

木上益治氏の談話によると、小さいころみたディズニーアニメや手塚アニメが、アニメ制作を志したきっかけ。当時、大阪にはアニメスタジオがなく、上京してアニメスタジオに就職したのだという。

アニメーターになるには、まず描くことが好きであることが第一なのだそうだ。

次に、武本康弘氏の談話によると、高卒後の進路を考えるときに、漫画家やイラストレーターを考えたが、あまりに難しそうで断念し、アニメなら大勢で絵を描くから大丈夫だと考えたという。

その作品がどうしてほしいのか、作品の発する声をきいて制作している。あまりすけべ心をださずに、変に狙って作らないようにしているのだそうだ。

映画『涼宮ハルヒの消失』については、やりたいところを全部詰め込んだ。キョンが光陽園学園に走る場面は、自分でみてもゾクゾクしたという。

アニメーターとしてのテクニック練習としては、写真模写に取り組んだとのことだ。

石立太一氏の談話によると、テレビ制作志望から京都アニメーションに入った。この会社はスタジオが二つあり、第2スタジオには入口に「愛」、と貼ってあるのだが、つまり仕事への愛がなにより大切なのだという。

アニメ『日常』についていうと、アイデアに四苦八苦し、毎回が勝負だった。構成会議の段階で、中身がコロコロ変わったぐらい、切羽詰まっていたという。

『けいおん！』についていうと、どうすれば面白くなるのか、最初は疑問だった。けれど、山田尚子監督の牽引力で、作品が生まれていった。山田監督

の、人を見る見方はものすごく深くて、キャラ一人一人の魅力を引き出すのがすごいとのこと。

『涼宮ハルヒの憂鬱』の長門と朝倉のバトルが、京都アニメーションでの初仕事だった。あるとき、どうしても煮詰まってしまって、徹夜作業を申し出たが、快くつきあってくれた石立氏のありがたさ。部下の徹夜作業をじっと待つ上役、というような雰囲気の職場だからこそ、すぐれた作品が作れるのだという。

その他、ロケについてのやりとりもあったが、ロケハン場所は、原作者に確認して決めるとのこと。原作でモデルになった場所があればそこに行く。基本的に、ロケは会社の近くで選ぶのだそうだ。

また、京都アニメーションについての談話だが、京都アニメーションのよさは、ちゃんと人を育てるところだという。絵に対する思い入れ、愛がある。

今後も、京都を舞台にしたアニメも作りたいとのことだった。

さらに、実写に対してアニメのよさは、絵であるところで、逆にそこが弱点にもなるのだとのこと。

絵である利点は、情報が整理されていて、みる人が何をみればよいかわかることなのだそうだ。

アニメを見る人が、面白いものをみたから明日もがんばろう、という気持ちになってほしい、という思いでアニメを作っている、と三人とも口をそろえて語っていた。

4） アニメ『けいおん！』について

以上のようなスタッフのコメントからも感じとれるが、あらためて、京都アニメーションのアニメ製作とは、まさに日本の得意とする、手作業、職人芸だということだ。

それは、手塚の虫プロの精神を受け継ぐものとなっていると同時に、大阪が世界に誇る中小企業の技術力にも通じる。東大阪の町工場が人工衛星を打ち上げた「まいど1号」の例や、直木賞受賞作の池井戸潤『下町ロケット』など、いわゆるプロジェクトX的な、職人芸が世界を制するストーリーの延長線上に、京都アニメーションと『けいおん！』の成功があるように思える。

『けいおん！』のスタッフにも、『ハルヒ』のイラストレーター・いとうのいぢにも共通するのは、「絵を描くのが好き」という、シンプルなアーティスト気質だ。
　もっとも、『けいおん！』に関しては、それだけではない部分があり、特に聖地巡礼ブームをめぐって、『ハルヒ』や春樹作品との比較ができるところが、また興味深い。聖地巡礼と、地元産業の振興策とのコラボという点で、『らき☆すた』の先例を踏襲しながら、ほとんど異様なぐらい、『けいおん！』の聖地巡礼商法は拡大を重ねてきた。その点で、『けいおん！』の場合は、ハルヒの聖地巡礼や、春樹ワールドめぐりとは、根本的に異なる部分がある。『ハルヒ』にしても、村上作品にしても、聖地巡礼の試みは多数あるが、地元振興策という点では、成功しているとはいえないのだ。
　第２期の『けいおん!!』第４話は、京都への修学旅行エピソードだった。『けいおん!!』の作品舞台が京都をモデルとしていながら、修学旅行で京都に行く話になっているのは不思議な感じがした。しかも、部員たちが京都弁を真似してしゃべっているシーンまであったのだが、いったい、『けいおん!!』の女子高生たちは、どこに住んでいるのだろうか？
　ともあれ、このアニメが、これほど受けているのは、若い人びとがものすごく疲れていて、ほんとうに癒しを求めているのかなあ、という気がする。それは、原作のマンガにもいえる特徴である。

　　　第４話の筋書きは「修学旅行！」のサブタイトル通り、唯たち三年生が２泊３日の修学旅行で京都へ向かうというもの。新幹線の窓からは富士山が見える。この成り行きにネットの実況民から多くの「？」が上がった。「あれ？京都住みなのに京都に修学旅行に行くの？」
　　　第１期『けいおん！』では、第１話の放映直後から「OPで４人が飛び跳ねているのは賀茂川、出町柳の飛び石」などと、ロケ先が京都であることを視聴者が次々に特定。その後も唯がギブソン・レスポールスタンダード2008を購入した楽器店のモデルがJEUGIA三条本店であることが明らかになるなど、ファンの間では『けいおん！』の舞台＝京都という刷り込みがなされ、校舎のモデルとなった滋賀県の豊郷町立豊郷小学校とともに、聖地巡礼の対象となっていた。（後段省略）
　　　　　　　　　　　　　　　　　　　（『日刊サイゾー』HP　2010年５月）

2. メタフィクションの風土〜関西発SF文学の伝統と春樹文学〜

（1） 関西発SF文学の伝統

さて、次に、関西から生まれたSF作品群の、最良の結実としての村上作品と『ハルヒ』を考えてみたい。

そもそも、戦後日本のSF小説は、関西の土壌が生んだ、ということがいえる。関西発のSF小説を語る上で、小松左京、筒井康隆、そして手塚治虫という三人の巨人は、はずせない。戦後、東京に先んじて、関西の地から相次いで生まれてきた新時代のSFは、マンガ・アニメでは手塚、小説では小松、筒井たちを代表とする。

そもそも、関西、それも阪神間文化の土壌からは、現代日本を代表する文芸作品が多く生み出されている。SFに限っても、ここでとりあげる小松左京、筒井康隆をはじめ、眉村卓、かんべむさし、谷甲州、堀晃など、枚挙にいとまがない。日本SF黎明期を担ってきた矢野徹も、神戸で戦後、パルプフィクションを読んできたという。そこには、村上春樹を生んだ同じ土壌があった。

（2） 日本SFの三大巨匠は関西生まれの関西育ち
　　〜小松左京の阪神間、筒井康隆の大阪、そして手塚の宝塚〜

１） 小松左京の場合

小松左京は西宮の育ちで、神戸一中（現・神戸高校）という進路だが、後の村上春樹の場合と時代が違って、戦時中の旧制中学の生活の陰鬱さは、エッセイに詳しく描かれている。しかし、その陰鬱な空気から生まれてきたのが、のちの小松左京のSF作品だろう。その底流に流れているのは、戦前の阪神間の文化を吸収して育った小松のまっとうな感覚だと思われる。

小松SFの最大の特徴は、人間性への信頼だといえる。そのヒューマニティは、同じ文化的土壌から生まれてきた手塚マンガ・アニメと共通する。

戦後生まれの村上春樹にしても、谷川流にしても、かつての阪神間文化とは、敗戦と占領期という断絶があり、さらに、阪神・淡路大震災という大きな

断絶があった。にもかかわらず、小松SFの底流に流れるヒューマニティは、世代をこえて、春樹作品にも、『ハルヒ』にも流れている。その底流は、SF経由か、あるいは手塚アニメを通じてのサブカル経由か、という違いはあれども、世代をこえて阪神間文化の空気感が作品にも受け継がれていることは、重要な意味をもつだろう。

小松作品が、日本のアニメにも大きな影響を与えているのは、だれしも認めるところだろう。というより、日本のサブカル作品のすべては、小松作品のありとあらゆるバリエーションだともいえる。ハードSFとしても、アクション作品としても、パニックものも、コメディも、純愛ものも、あらゆる要素を網羅した作品群が、小松左京の小説なのだ。

小松左京が、一時だが西宮市立大社小学校に通っていたのは、実に興味深い。というのも、大社小学校は、『涼宮ハルヒ』の作品に描かれた場所のすぐ近くだからだ。主人公のハルヒが、宇宙人に向けた巨大な絵文字を描いた場所は、大社小学校の近くの上ヶ原中学校のグラウンドがモデルらしいといわれている。

あるいは、大社小学校が、作品中のハルヒの出身小学校のモデルかも？ということもいわれている。それは、隣の校区の上ヶ原南小、上ヶ原中学校が、作者の谷川流の母校であり、作中のキョンの設定が谷川自身だとすると、ハルヒはその近隣の小中学校の出身だという可能性が高くなるのだ。日本SFの大御所というべき小松左京と、世界的なファンをもつ『涼宮ハルヒ』が、阪神間の一角でこうして出会ったのだ。

小松左京は、この大社小学校からすぐに転校し、同じ西宮市の安井小学校に通う。西宮の中でも利便性の高い阪急沿線、夙川近辺で少年期を過ごした。戦前の阪神間文化のまっただ中で育った小松は、手塚治虫と同じく、少年期に宝塚歌劇に接して、その独特のロマンの世界にはまっている。

『涼宮ハルヒ』のヒロイン・ハルヒが宇宙人に向けてメッセージを描いたとされるグラウンド。

思えば、手塚、小松、そしていうまでもなく田辺聖子、と、阪神間文化圏で育った日本を代表する作家、漫画家が宝塚歌劇に大きな影響をうけて育ったというのは、文学史的には面白いことだと思える。ちなみに、のちに述べる筒井康隆も、宝塚歌劇にはまった時期があるようだ。

　その一方、小松の場合は、戦前の阪神間の特権といえるが、旧海軍の連合艦隊観艦式を体験してもいる。さらに、伊丹の空港が近いこともあって、陸軍の練習機の訓練を間近にみて、民間の巨大飛行機「神風号」の飛来も体験している。こうして、文化的な面だけでなく、産業面でも、昭和はじめの日本の、国力のエッセンスが凝縮されたような場所が、阪神間だったといえよう。その、もっとも恵まれた土地に育った小松は、戦中、終戦直後の悲惨な体験を経て、SF作家としてのアイデンティティを形成していくのである。

　小松の出世作『地に平和を』は、戦中体験が如実に反映されているし、『日本アパッチ族』も、終戦直後の大阪の焼け跡から生まれた作品だ。おそらくは、近代日本の繁栄の最高潮の中で育ち、青春期にその栄華がたちまち瓦礫と化す滅亡体験をしたところから、のちの『復活の日』や『日本沈没』は生まれてきたのだ。

　一方、実は小松左京の育ったあとを、まるで追いかけるようにして、村上春樹が戦後、育ってきている。村上も、夙川近辺で育ち、小松と同じ神戸高校を出ている。神戸高校で小松は、図書館の世界文学全集を読破したというが、村上春樹も、中学時代に世界文学全集を読みふけっている。小松は戦後、G.I.の読み古したペーパーバックを片っ端から読んで影響を受けたというが、春樹も同じく、神戸の古本屋でそれらを買いあさっては読んだという。

　小松は神戸一中時代、当時の神戸に大勢居住していた国際色豊かな友人たちとつきあっていた。春樹のころも、神戸には普通に中国人、在日韓国・朝鮮人の子どもたちがいたという。このように、小松左京と村上春樹は、意外にも、同じ阪神間文化の土壌から育って来た作家なのである。

　ところで、個人的なことだが、最近、小松左京が亡くなったのは、とてもショックだった。

　筆者にとって、この人の小説を読まなかったら、今の自分はなかったかもし

れない、と思える作家が何人かいるが、小松左京はその一人だ。
　なにしろ、自分が大阪芸術大学の文芸学科に入ろうと思ったのは、小松左京が教授陣にいたからなのだ。創作コースをもつ大学は、当時、大阪芸大と日本大学の二つだけだった。身の程知らずにも、作家を目指して大阪芸大に入ったのだ。自分の入学と同時に小松教授は退任されて、みごとすれ違いで終わった、という笑えないオチはつくのだが…。
　小松左京の小説の魅力として、SF作品としてのスケールの大きさ、アイディアの斬新さ、未来予測の正確さ、などいろいろいわれるが、どこに惹かれたかというと、その語り口である。
　いわゆるハードSFの中には、科学的な正確さや、知識の量、アイディアの新しさに凝るあまり、登場人物があまりに類型的で、物語としては面白くない場合がある。小松作品の場合は逆で、SF的テーマや描かれた事象にあまり興味がないとしても、その語り口の巧みさで、いつしか物語の中にぐいぐい引っ張り込まれてしまう。しかも、SF作品としての科学的な正確さや、知識の量、アイディアの新しさの面でも、日本はおろか、世界のSFの中にも比肩するものが少ないぐらいなのだ。
　かえすがえすも残念なのは、『虚無回廊』の続きが、もう読めなくなったことだ。まさかと思った『日本沈没』の続編が、谷甲州との共著ではあるが刊行されたときは、本当に夢のようだった。『虚無回廊』ばかりは、これは小松自身でなければ続きが書けない作品だと思う。
　それはともかく、小松作品の中で、今こそ読まれるべき小説は『首都消失』だ。3.11ののち、日本の国家機能が危機にさらされている現状は、小松がとっくの昔にこの作品の中で、あますところなく描いている。あいかわらず、現実は小松作品の後追いをしているのだ。

2）筒井康隆の場合

　筒井康隆は、筆者にとって、憧れだった。というのも、同じ高校の後輩として、80年代後半、リアルタイムで活躍ぶりをフォローしていたからだ。新潮社の筒井全集から受けた衝撃は、いまも忘れ難い。新潮の全集で筒井作品を、一作一作、読破していったおかげで、SF小説のエッセンスと、新しい文学の

可能性を学んだように思う。

　当時の日本SF小説の中で、『家族八景』『七瀬ふたたび』『エディプスの恋人』という七瀬三部作の存在感は圧倒的だった。大学時代に教わった日本文学の教授は、筒井の作風について「『七瀬ふたたび』で確立したロマンティック路線をあっさり捨てて、新たな展開に進んだのがすごい」と評していた。

　そして、80年代を代表する一作、映画『時をかける少女』の衝撃も忘れられない。

　筒井康隆による原作のSFジュブナイル小説『時をかける少女』が火をつけたタイムリープもののヒットは、後のライトノベル、そして春樹作品にも影響を与えたとみられる。原作『時をかける少女』から、映像化された諸作の変遷をみると、テレビドラマであれ、アニメであれ、映画であれ、変わらず受け継がれる青春物語の系譜は、とことんオーソドックスなロマンティシズムと、純愛のエッセンスが、タイムリープという設定をうまくつかって練り合わされているといえる。タイムリープと青春ストーリーのセットを定着させた映画『バック・トゥ・ザ・フューチャー』も、同じ要素をもっている。

　タイムリープものがジュブナイル化で市民権を得たのち、パラレルワールド・ストーリーは、よきにつけあしきにつけ、エンターテイメント作品に浸透していったといえる。その流れは、明らかに現代文学にも影響を与えている。

　パラレルワールドものを現代文学に定着させた作品としては、なんといっても村上春樹の『世界の終りとハードボイルド・ワンダーランド』の存在が大きい。また、東野圭吾の『パラレルワールド・ラブストーリー』など、ミステリータッチの作品になじみやすいということもあって、その後、エンターテイメント小説としても当たり前のようにパラレルものが市民権を得ていくことになる。

　そして、谷川流との関連でいえば、映画『涼宮ハルヒの消失』を筒井康隆が認めたというのは、関西発日本SFの後継者の一人としての谷川流を考えるとき、非常に意義が大きいといえる。筒井康隆の作品が、谷川流の作品にどのように影響を与えているかは、今後の研究課題となるが、少なくとも、日本のSF作品の流れの中で、筒井康隆の果たした巨大な役割は誰しも認めるところ

であるし、関西出身のSFの巨匠という点からみても、共通する部分が谷川流にもあるといえるだろう。

3） 手塚治虫の場合

「世界の手塚」は、実は関西出身、それも阪神間文化圏で生まれ育ったのだということは、意外に知られていない。正真正銘、手塚治虫は大阪の豊中市生まれ、兵庫県の宝塚市育ちなのだ。

手塚治虫のルーツについては、自身の作『陽だまりの樹』に詳しいが、手塚夫人のエッセイ『手塚治虫の知られざる天才人生』に、そのなれそめが描かれている。読むと、まさに典型的な阪神間文化圏のお坊ちゃんとお嬢様同士の見合いで、しかも幼なじみ同士の結婚である。結婚までのいきさつも、戦後の阪神間の青年たちの男女交際の事情がわかって興味深い。阪急沿線の最寄り駅で待ち合わせて、梅田の映画館でデートしたり、心斎橋の喫茶店で珈琲を飲んだり、というような、いかにも関西の男女のデートの典型だったようだ。

手塚の、特に少女漫画のルーツが宝塚歌劇であることは、つとに知られている。それもそのはず、手塚の育った宝塚の山手の家は、近所に当時の宝塚歌劇トップスターの家があり、宝塚音楽学校（当時は歌劇学校）の生徒たちが手塚家の近所を往来していたという。戦時中、宝塚大劇場が焼失するのも、自宅の窓からみえたという。間違いなく、手塚マンガやアニメの底流に、宝塚歌劇は大きな影響を与えているのだ。

また、手塚がそもそもマンガに目覚めたのは、その父が、マンガが好きでよく読んでいたのがきっかけだという。ごく自然にマンガとの出会いが用意されていた点で、阪神間のハイクラスの生まれだからこそ、親公認でマンガに親しむことができたのだともいえるだろう。

いまの我々が、ごく自然にマンガやアニメに親しむことができるのは、手塚のおかげである。星新一が手塚への追悼文で書いているように、生まれたときから私たちはマンガやテレビアニメの中で育ってきた。しかも、それだけでなく、日本のアニメは世界に輸出され、主にヨーロッパで子どもが当たり前に見ていたという。つまり、世界の子どもたちが手塚の恩恵を被っているのだ。

その手塚が精魂を傾けたアニメ製作だが、虫プロの倒産を乗り越えて、晩年

第4章　ジャパニメーションは関西生まれ？〜アニメと文学と阪神間〜　89

にいたるまで創り続けられた。手塚アニメの精神が、今のジャパニメーションを生んだのは、間違いなかろう。その源流をたどれば、手塚の生まれ育った阪神間文化にいきあたる。つまり、ジャパニメーションは関西が生んだ、といっても語弊がないのである。

　手塚は、アニメ作りに命をかけたといえるが、反面、日本のアニメの情況を常に憂いていた。

　　流行マンガ家が、アニメに原作を貸して、構成をしただけでアニメ作家とよばれているくらい、混乱した世界なんだから、アニメってのはまだ主体性はなにも持っちゃいない。　　（手塚治虫　『手塚治虫大全3』　光文社知恵の森文庫　2008　p.58）

　このように、アニメとマンガは、常に混同され、テレビアニメの製作がいかに困難な作業で、クオリティを保つことが難しいか、ということはなかなか理解されていない。手塚自身も、虫プロで実現しようとしたアニメの理想を、倒産というかたちで、あっけなく潰えさせてしまったのだ。しかし、その虫プロの精神は、のちのジャパニメーションのクオリティに受け継がれたといえるだろう。

　ロマンと冒険、愛の物語は、手塚アニメから生まれて、アニメブームの底流に流れていったのだ。その源流は、宝塚歌劇にあり、クールジャパニメーションの誕生は、虫プロの諸作が源流だった、ということを、如実に実感させた出来事があった。

　『涼宮ハルヒ』のイラストレーター・いとうのいぢが、宝塚市の手塚治虫記念館の手塚トリビュート企画のために描いた『リボンの騎士』のサファイヤの絵がある。それをみると、いとうのいぢの絵と、サファイヤとの親和性の高さに驚かされる。まさに、手塚アニメと『涼宮ハルヒ』が時代を超えて合体したといえる。世界に冠たる手塚アニメは、21世紀のいま、涼宮ハルヒというキャラクターをその後継者に選んだ、とまでいえるだろう。

　そこにこそ、『ハルヒ』が世界的に愛読されている理由が見いだせるかもしれない。

3. ジャパニメーションの魅力とは？

（1） ジャパニメーションの魅力とは？

　世界を席巻するジャパニメーションの魅力とは、一体どういうところにあるのだろうか。いくつかの視点から考えてみたい。

　まずは、ジャパニメーションの作品自体がもつ、映像作品としてのクオリティの高さである。たとえば、2010年公開のアニメ映画『東のエデン劇場版Ⅱ　Paradise Lost』についてみてみよう。『東のエデンⅡ』は、テレビシリーズの映画化であり、テレビでは描かれなかった結末を映画でつけたものである。このアニメ映画は、現代日本の社会問題や政治状況を真っ向から描こうとする、骨太なストーリーで、近未来ポリティカルアクションとしては福井晴敏の小説群をほうふつとさせる。けれど、重苦しさはなく、軽妙な青春ドラマとしても楽しめるのが、いかにもアニメらしい魅力だ。なにより、もし実写で現実の俳優がしゃべったら、顔を赤らめてしまいそうなクサいセリフでも、アニメでは抵抗なく受け止められるのがよい。

　もっとも、『東のエデン』は、テレビシリーズとしての完結編が二つの映画で作られているが、これはやはりテレビシリーズで完結した方が、一貫性が感じられたかもしれない。また、選ばれた救世主候補が持つ携帯電話だが、2009年のテレビ放映時には、斬新なデザインと機能だったはずのものが、今の時点（つまりほんの数年後）でみると、すでに古く感じられる。これは、現代の技術と流行の加速度のすごさをまざまざと感じさせて、そういう意味でも興味深かった。

　この作品の魅力は、まずスタイリッシュな映像にあり、その多くの部分を、キャラクターそのものの魅力が占めている。マンガ原作ではないが、人気漫画家の羽海野チカがキャラクターを創ったという威力を、まざまざと見せつけている。

　そしてなにより、日本を覆う閉塞感、未来への絶望感を、ユニークなストーリー展開で打破してみせようとした志に惹かれる。世間で龍馬や幕末もの、戦

国ものに人気が集まる昨今、歴史から学ぶのもよいが、現実を変えていこうとする若者へのエールとして、この作品を素直に受け止めたい。
　ジャパニメーションらしく"クール"で、スタイリッシュな映像と音楽の魅力が溢れている。いわゆる"萌え"の要素もきちんと押えてあり、現代日本のエンターテイメント作品として誇るべき作品に仕上がっている。おそらく、実写では描けない映画として、また小説では描けない描写としても、このアニメ映画作品の価値は、もっと評価されてよい。
　少なくとも、大味な凡作が目立つテレビドラマの映画化作品や、大金を投じたわりに妙に安っぽく感じられてしまうハリウッド大作のいくつかより、ずっと完成度は高い。

（２）ポケモンについて
　また、毎年恒例のアニメ映画『ポケモン』や『ドラえもん』は、子ども向けという位置づけではあるが、アニメ作品としてのクオリティはきわめて高い。
　たとえば、2011年のポケモン映画『劇場版ポケットモンスター　ベストウィッシュ』は、マンネリの部分はもちろんあるものの、毎回、冒険的な試みをして、新機軸を打ち出そうとしていることは見逃せない。
　なぜなら、この『ベストウィッシュ』は黒バージョンと白バージョンに分かれていて、ほぼ同じストーリーの映画が２本、同時に公開されている。つまり、ポケモンのストーリーが、パラレルワールド化しているのである。これは、ポケモンの元の媒体であるゲームがそういう構成になっているので、その形をアニメでも踏襲したとみられる。
　映画で、同じストーリーのパラレル的な世界を作るのは、もちろんありだ。もっとも、映画としては一つの作品にするのが、より良心的だといえるけれど。同じストーリーの映画なら、いくら細部が違っても、あるいは結末が違っても、あくまで一つの映画としてまとまっていなければ、そういう世界観の映画を何本も、細部を変えてどんどん作ることもできるからだ。
　また、このポケモンのパラレル化について、親の立場では、いただけないともいえる。どちらか片方をみれば、それでよいのだが、子どもの気持になって

みれば、2本あるのに片方しか観れない、というのは、やはりいやなのだ。子どもの欲望を刺激して親に金を倍払わせようという、あからさまな儲け主義だといえないこともない。

　それはともかく、子ども向けのアニメ映画で、あえてパラレルワールド化を狙うというような斬新さは、ジャパニメーションの真骨頂を示すものだといえよう。

（3）ゆるキャラについて
　また、別の例だが、アニメキャラでブランディング、ということが各地で進められている。これは、もちろん、聖地巡礼による地域活性化ということもあるが、アニメ作品の舞台だけでなく、いわゆる"ゆるキャラ"によるコンテンツ展開を通じて、メディアミックス的に展開していくことも行われている。
　ゆるキャラの中で、もっとも知られた例は、彦根市のひこにゃんだろう。ひこにゃんの存在が、彦根市という地方公共団体の宣伝、広報力を飛躍的に高めたことは間違いない。
　ひこにゃんと同じく話題になった奈良のせんとくんなど、関西発のゆるキャラブームというのは、世界に発信するブランディングとして、効果が見込まれているのだ。アニメだけでなく、ゆるキャラも、関西が生んだといえるのではあるまいか。
　ここで、特に、ひこにゃんとせんとくんを例にとって、関西発のゆるキャラコンテンツの魅力を考えてみる。まず、奈良のせんとくんについて、"非実在"の地方公務員になったというニュースがある。

　　　せんとくん、奈良県職員に…きびきび初仕事　　　（読売新聞2011年1月4日）

というニュースで報じられた話題がそれである。
　つまり、せんとくんというのはもちろん、架空のキャラクターなのだが、そのキャラクターが、着ぐるみという実体をもっているとはいえ、県庁の役所で仕事をしているというのは、ある意味、画期的なことかもしれない。
　冗談めかしていえば、これこそ、物議をかもした東京都の青少年健全育成条

第4章　ジャパニメーションは関西生まれ？〜アニメと文学と阪神間〜　93

例でいうところの、いわゆる"非実在"属性ではあるまいか。せんとくんという非実在地方公務員が給料をもらって働けるなら、いっそ東京都議会にも、"2次元"、つまりマンガ・アニメのキャラを議員に選出したらよいだろう。その上で、「非実在青少年」の性描写について、マンガ・アニメキャラ自身に主張してもらい、議会を公開にして堂々と論じ合えば、きっと世界に名だたるマンガ・アニメ大国・日本の先進性が世界で話題になるに違いない。

　まあ、これは冗談だが、普通にゆるキャラを職員にしてしまう奈良県の融通無碍な感覚を、東京都も見習ってほしいものだと思う。

　また、面白い例では、神戸新聞社の「いまいち萌えない娘」というゆるキャラも誕生している。これは、元々、神戸新聞社が出した採用試験問題で、"萌え"についての問があり、そこから誕生したキャラという、変わり種である。いまや、「いまいち萌えない娘」グッズまで発売されたそうだ。

　しかし、一見笑い話のようで、「いまいち萌えない」のが逆に魅力になる、というのは、美的な普遍性があるといえる。歴史的にも、バロック美のように、ゆがみやいびつさを愛でる美的感覚は、骨董の茶碗にも通じる感覚だ。

　これまでの"萌え"というのが正統的な美だったとして、そこからちょっとずらしたり、いびつにしてみたり、という"バロック萌え"というべき美の段階に移行するのかもしれない。

　さらに、宝塚市の宝塚観光大使の例についても紹介したい。これは、着ぐるみのゆるキャラではなく、過去に例のない、アニメキャラのコスプレによる観光大使（サファイア姫）というものだ。

　これは、さすがは手塚治虫のお膝元、宝塚市だけのことはある、といえよう。筆者は、初代のサファイア姫である定藤博子さんと、イベントの仕事でご一緒したことがあるのだが、このサファイア姫、宝塚市だけにとどまらず、阪神間全域をカバーしてPR活動を行っていたのだという。阪神間の生んだ世界の手塚の名に恥じない、キャラクターによるブランディングの例だといえるのではないだろうか。

　ともあれ、関西発のゆるキャラブームが、たちまち全国に広がり、いまや全国の地方自治体が、ゆるキャラの人気を争っているのは、関西のキャラクター

創造の地力を証明しているといえよう。

（4） 関西発の物語の感性

以上、関西発のSF、アニメ、ゆるキャラの例をみてきたが、最後にあらためて、関西発の物語の感性とでもいうべき特徴についてみておきたい。

筆者は、関西の人間に特有の、物語に対する親和性とでもいうものがあるのではないか、と考えている。たとえば、古くは平安時代以来、京都を中心に、近畿圏では物語文学の伝統が続いてきた。日本の物語の始祖といわれる『竹取物語』をはじめ、『伊勢物語』『源氏物語』、そして『堤中納言物語』や『とりかえばや物語』など、現代のSF作品の始祖とも考えられる物語文学を、関西の人間は伝統的に享受してきたのだ。

それらは、学校で古典を習う以前に、地名や、地元の民話などで自然に耳から入ってきて、古典の伝統を体得することにつながっている。たとえば、近畿圏の昔話には、古典物語との共通の地盤があり、昔話由来の地元のキャラや、お土産品など、身近なところに、古典物語への親近性がある。また、地名でいうと、『伊勢物語』に由来する業平という地名や、『源氏物語』ゆかりの宇治など、古典物語のイメージに直結する地名が身近なところにふんだんにあるという環境は、やはり物語への親和性を自然に育むのではなかろうか。

さらに、関西人の語りの特徴として、日常会話に必須のぼけとつっこみ、おち、にみられる"語り"のサービス精神が挙げられる。関西で生まれ育つと、"語り"の技術というものが、園児、児童のころから無意識にすりこまれているのだ。そういう地域性というものが、関西の文化と物語との親和性を高め、関西発の物語という可能性を拓いているのではないだろうか。

4. 京都と阪神間〜アニメで描かれる"失われた風景"と春樹の風景〜

　以上、関西発のSFの後継者としての春樹と『ハルヒ』ということについて考えてきたが、この論にどうしても不可欠なのが、村上作品や『ハルヒ』を生んだ阪神間の風景についての考察である。

　この章の最後に、ハルキとハルヒを生んだ阪神間の風景と、アニメで描かれた阪神間の風景について、考えていきたい。

　村上作品と、『ハルヒ』の風景として、非常にわかりやすい例がある。それは、西宮市にある甲山である。この独特の形をした低い山は、六甲山系の東の端にあり、その裾野は、西宮市から宝塚市にかけて、いわゆる阪神間の東の地域をカバーしている。

　村上作品で、はっきりと甲山らしき山が出てくるのは、『海辺のカフカ』におけるお椀山である。また、『ハルヒ』で描かれた架空の山、鶴屋山は、おそらく甲山だと考えられる。作者の故郷である西宮市の山手からみた甲山のイメージが、鶴屋山なのだろうと考えられるが、甲山は裾野が広いので、鶴屋山の描写のモデルとしては、裾野の丘がそうなのかもしれない。

　甲山すなわち鶴屋山、という例をとってみても、『ハルヒ』の西宮が、作者の身近な生活範囲に限定された風景から生まれたことがわかる。だから、『ハルヒ』に描かれた阪神間の風景は、実は阪神・淡路大震災で失われた甲山の裾野の原風景が封印されている、とみることができるのだ。

　一方、村上作品の『海辺のカフカ』に描かれた、甲山すなわちお椀山のイメージは、やはり作者が育った阪神沿線からみた甲山の姿だとみて、間違いないだろう。実際、阪神間の中でも、海側に近い阪神沿線から甲

西宮市を代表する山、甲山は、『涼宮ハルヒ』の作者・谷川流の自宅付近からよく見える。

山をみると、いかにもお椀山というイメージにぴったりの形をしているのだ。その阪神間の甲山を、小説『海辺のカフカ』の中では、山梨県の山中に転移させて描いたのだが、山の描写自体は作者の育ってきた風景の中の、かつての甲山なのだといえよう。

ただ、注意すべきなのは、『海辺のカフカ』のお椀山が、実は幻の光景なのだ、という点である。なぜなら、お椀山は、『海辺のカフカ』の中で、謎の老人ナカタさんの視点から描いたいわゆるナカタ・パートにだけ存在する記憶の風景だからだ。ナカタ・パートは、現実の情景を描いているのか、幻想を語っているのか、定かではない書き方をされている。ということは、『海辺のカフカ』の物語の中で、お椀山が実在したかどうかはわからない、という描き方をされていることになる。だから、村上作品の中の甲山、あるいは阪神間も、作者の記憶の中にある、封印された幻の風景なのだということもできるのである。

さて、ここで、『涼宮ハルヒ』で描かれたアニメの絵としての風景について考えたい。まずいえるのは、アニメの風景は、実写の風景のようには古びない、ということである。これは、同じ阪神間の風景を、実写でみた場合と、アニメでみた場合の差が、明らかにわかる。

つまり、同じ風景であっても、アニメでは「絵」なので、年月を経ても違和感がないが、実写では古びてしまうということだ。たとえば、阪神間を撮った実写作品の例だが、『ウルトラセブン』の中にでてくる昔の神戸の風景や、映画『華麗なる一族』の阪神間の風景は、今みると、やはり古びてみえるのである。

これは、阪神間だから、というわけではない。たとえば、東京の風景を撮った実写映像でも、80年代の角川映画の東京などは、今みると、とうしても古びてみえてしまうのだ。これに対し、アニメの風景は古びないといえる。たとえば、同じ80年代を描いた東京の風景でも、アニメ映画『幻魔大戦』の新宿高層ビルの映像などは、今みても、新鮮に感じるし、昔の東京がよく出てくるアニメ『ルパン三世』の東京風景も、レトロではあるが、なぜか古びているとは感じないのだ。

阪神間の場合も、たとえば、アニメ映画『火垂るの墓』の阪神間は、戦中までの古い町並みだが、アニメでみると、なぜか古くはみえない。そして、もちろんアニメ『涼宮ハルヒ』の阪神間も、決して古びないのである。だから、村上作品の映像化として『風の歌を聴け』と『ノルウェイの森』があるが、そこに描かれた阪神間の風景は、実写ゆえに必ず古びていく。しかし、アニメ『涼宮ハルヒ』の中の阪神間の風景は、アニメゆえに、いつまでも古びることなく、フィルムの中に保存されたのだ、ということができよう。

第5章

アニメ『涼宮ハルヒ』の聖地・西宮

（2010年度『西宮文学案内』講演録より）

※以下は講演の収録ですので、話し言葉に近い文体になっています。

　早速、話に入っていきたいと思います。今日はこのようなワークシートを用意していますので、それを片手にお付き合いいただければと思います。
　アニメ『涼宮ハルヒ』シリーズを監督された石原立也さん、演出の山本寛さんといった方々は年代的には私よりちょっと下ぐらいです。生まれ落ちたときから、普通に身の周りにアニメがありました。アニメファンであろうとなかろうと、テレビをつけたら放送しているという環境でしたので普通にみていました。それが中学生ぐらいから、アニメをだんだんみなくなる。そのままアニメを卒業してしまうか、あるいはだらだらとみ続けるか、その辺が分かれ目だと思います。私なんかはだらだらみていた方ですね。
　それではワークシートをご覧ください。円形にそれぞれ項目が書いてあります。上からいくと、アニオタ度、時計回りにいって阪神間度、パロディ度、総合、SF度、ラノベ度と、こんなふうにぐるっと回るようになっているんですが、私が話しましたら丸を付けて、あとは線で結んでいただくような感じで進めていきたいと思います。
　さっそくですが、総合というところに丸を入れておいていただけますでしょうか。
　まずは『涼宮ハルヒ』という世界を魅了するアニメを創り出した関西文化の底力というテーマで話を進めたいと思います。『涼宮ハルヒ』シリーズに関し

第5章　アニメ『涼宮ハルヒ』の聖地・西宮（2010年度『西宮文学案内』講演録より）

ては、西宮が舞台になっているのは定説ですので、あまり関係ないということはいえません。

では次に、総合から阪神間のところにさっと線を引いておいてください。

いまちょっと画面に出しました写真は西宮球場です。これは、昭和50年代、私が小学校ぐらいのときです。西宮球場に野球を見に連れて行ってもらったことが何度かありましたので、そのときにたしか撮った写真があったはずだな、という記憶をたどって、実家のアルバムからちょっと1枚はがしてきたわけです。いまは西宮球場がなくなって、阪急西宮ガーデンズになっていますね。

阪急西宮球場でのパリーグの公式戦。

さて、阪神間の懐かしい、象徴的ともいえる西宮球場の写真からスタートしまして、阪神間の青春ストーリーというところへ話をもっていきたいわけです。

阪神間を描いた代表的な青春ものというと、世界的に読まれている村上春樹の小説であったり、いまの若い方は読まないかもしれませんが、宮本輝も阪神間を舞台にした青春ものをいくつか書いてますし、映画化されたものもあります。阪神間を舞台にした青春ストーリーは数多く書かれていて、馴染みやすいのはたしかだと思います。アニメで阪神間が青春ストーリーとして書かれていて、そしてその風景が非常に美しく描かれているというところが『涼宮ハルヒ』という作品の魅力の一つになってくるのではないかというのが最初に私のお伝えしたいことです。

写真は、岡本にある谷崎潤一郎ゆかりの屋敷（鎖潤閣）です。震災で壊れたあとに保存運動が起こっていたのですが、予算的に無理だということで断念したということをニュースで聞きました。このように放っておいたらどんどん失われていく風景というものがあるんですね。

『涼宮ハルヒ』にも、阪急西宮北口駅前の広場がアニメにずばりと描かれて

阪急西宮北口駅前広場。現在は改築されている。

います。主人公たちが待ち合わせをする場所です。もうみたら、どこからどうみても西北の駅前の広場だったんですが、取り壊されてしまい、いま工事中です。まさかそんなに有名なアニメの舞台になるとは思わなかったので、先に計画が進行したんだろうと思いますが、放っておいたら風景というのはこのようにどんどん変わっていってしまうということです。もちろん映画のなかに、フィルムに焼き付けられて保存されるということはあります。アニメもそうです。先ほどの西宮北口駅前の公園広場はもうすでにみることはできませんが、アニメの中に永遠に保存されたと考えることができるわけです。

さて、『涼宮ハルヒ』の場合は間違いなく関西、それも阪神間だと思われます。谷川流の原作小説には、アニメと違ってはっきりとした地名は出てきませんが、アニメは誰がどう見ても西宮だと分かるけれど、原作には西宮という地名は出てきません。でも、阪神間だなということが分かるんですね。

舞台になっているまちの描写をご紹介します。

> 周辺地域に住む人間が、街に出る、といえばたいていこの辺りのことを指す。私鉄やJRのターミナルがごちゃごちゃと連なり、デパートや複合建築物が建ち並ぶ日本有数の地方都市（谷川流 『涼宮ハルヒの憂鬱』 角川スニーカー文庫 2003年 p.236）

という部分が出てくるんですね。主人公たちが出かけた町を「日本有数の地方都市」といっていますが、これはおそらく大阪か名古屋かだろうということが分かります。そして、私鉄やJRのターミナルがごちゃごちゃと重なっているというのも、名古屋、大阪のどちらにも私鉄のターミナル駅がありますので、どっちかなということになるんですが、決定的なのはこれです。

原作の小説の中に甲子園球場の話が出てきます。もちろん甲子園球場とは書

いてありませんが、お客が5万人入ると書いてあるんですね。地方都市にあって、お客が5万人入る球場というのは甲子園しかありません。ですから、原作もやっぱりこれは阪神間だということは明らかなわけです。

　ここでいろいろご紹介したい例があります。アニメには西宮の風景をふんだんに取り入れていますが、でもよくみると、そのままではないということに地元の方は気が付くと思います。例えば、主人公たちは西北の駅前の広場で待ち合わせてから市内探索の任務を遂行するわけですが、すぐに行くところが夙川の河川敷なんですね。徒歩で行ったことになっていますが、実際、西北の駅前から徒歩で夙川に行くことはありませんので、そのへんちょっとデフォルメされています。そのあとに行く図書館も、西北駅前のアクタの図書館ではなくて、中央図書館という設定になっていますので、それもぐっとデフォルメされています。そのような例はいくつかあるわけですが、西宮のいろんなきれいなところ、使い勝手のよさそうなところが、商店街は実は尼崎なんですが、ぎゅっとデフォルメされて登場しています。

　こうした手法は、実は文学ではよく使われます。例えば、村上春樹の小説に出てくる阪神間のまちも阪神間そのままではなくて、芦屋を中心として位置関係はかなりデフォルメされています。

　『涼宮ハルヒ』の中に出てくる西宮というのは、かなりデフォルメされています。名前もアニメの方では夙川が「祝川」になっていたり、甲陽園が「光陽園」になっていたりしますが、みる人がみたら明らかに西宮だと分かります。『涼宮ハルヒ』世界の架空の西宮という感じで描かれています。ご興味があれば、ぜひ一度アニメでご覧ください。

　阪神間のことはここでいったん切り上げまして、次にラノベの方にいきたいと思います。ワークシートの阪神間からラノベの方に線を引いていただきたい

阪神甲子園球場でのセリーグ公式戦。

と思います。

　先ほど紹介しました『涼宮ハルヒの憂鬱』は、こういう文庫本サイズでイラストの付いている若者向けのストーリーになっている小説でライトノベル、略してラノベといいます。『涼宮ハルヒ』シリーズに関しては、作者の谷川流さんに直接おうかがいしたいところなんですが、なかなかおもてに出ていらっしゃいませんので、私はまだお会いしたことがないんです。

　谷川流の文章は、ご本人は否定されるかもしれませんが、明らかに村上春樹をリスペクトしている、村上春樹を意識した文体だなということが分かります。村上春樹の文体と谷川流の文体を比べて、どのあたりが似ているかということをいくつか考えていきたいと思います。まず、『涼宮ハルヒ』のストーリーというのは、たとえば、意識しない三角関係や、主人公プラス語り手のキョンくんが事件に巻き込まれていく展開が常に基本となっていますが、村上春樹の場合も同じく、語り手兼主人公の少年や青年が事件に巻き込まれていくというタイプのストーリーです。これは完全にハードボイルド小説が原型になっています。ハードボイルド小説は必ず主人公の探偵が事件に巻き込まれていくという話です。

　村上春樹の小説はほとんどハードボイルドのパターンを踏襲していますが、やっぱり『涼宮ハルヒ』も考えようによっては、ハードボイルドストーリーをなぞっていると考えられないこともない。文体そのものもそうですが、最大の特徴は、明らかにこれは村上春樹を意識したとしか思えないのですが、主人公語りのキョンくんが「やれやれ」という言葉をたびたび発します。「やれやれ」というのは、もう村上春樹の台詞の代名詞的に使われる、引用される言葉で、これは知らないで使っているとは思えないんですね。使う以上は、当然、村上春樹が連想されることは覚悟の上でやっているんじゃないかなと思います。

　ライトノベルそのものは、実際にお読みいただくしかしようがありませんが、この『涼宮ハルヒの憂鬱』を例にとりますと、だいたい基本はボーイ・ミーツ・ガールというパターンです。

　村上春樹の小説というのも、いってしまえばボーイ・ミーツ・ガールばかりなんですね。2009年から2010年にかけて社会現象になった『1Q84』という

第5章　アニメ『涼宮ハルヒ』の聖地・西宮（2010年度『西宮文学案内』講演録より）

小説も、いろいろ難しいことを書いてはいますが、筋を単純にしてしまえば、あの主人公の天吾と青豆の2人が最後出会ってどうなるかみたいなそういうボーイ・ミーツ・ガールを、ちょっといろんな筋を交えて書いているなと思います。

次はラノベ度から総合へ線を戻してください。そこで『涼宮ハルヒ』は究極のハイブリッドコンテンツだということを引っ張って、そしてつまり村上春樹の『1Q84』みたいに重層的な作品世界を描いているんだという、もう一つの定義を引っ付けました。

それはどういうことかというと、『涼宮ハルヒの憂鬱』は、一見かなりお気楽なちょっとSF系の学園アニメなんですが、ものすごく隠しネタが多いんですね。アニオタ度の高い人ほど、隠しネタに気が付いてにやっとする確率が高いのではないかと思います。私も小さいころから習慣的にアニメをみてきた人間ですので、隠しネタのいくつかに思わず笑ってしまいました。

そこでちょっとパロディ度にいきたいところです。『涼宮ハルヒ』シリーズの作品の面白さというのは、明らかに計算尽くで最初からパロディ的な設定を用意しているんですね。

どういうことかというと、まず『涼宮ハルヒ』という作品は、もちろんフィクションですね。われわれが『涼宮ハルヒ』を見るときに、現実の私が『涼宮ハルヒ』を見る、『涼宮ハルヒ』という作品はフィクションの世界ですが、フィクションのなかでは現実の高校生活を描く、一応、リアリズムの設定です。だから、西北の駅前の風景が出てきたり、県立西宮北高が出てきたりするわけですが、リアルな学生生活を描いたストーリーであるにもかかわらず、その設定そのものは何かSF的に不思議なものが出てくることになっていて、そこで現実のリアリズムの次元と違う次元がそこで出てくるんですね。そこで二重構造になっているところへもってきて、さらにその二重構造のなかの高校生がさらに映画作品を撮った『朝比奈みくるの冒険』というのを、それをテレビアニメの一話として放映するんです。そうなると、三段階に階層が分かれたフィクションのストーリーになっていると。ものすごく凝ったつくり方をしているというのがこの一例で分かるのではないかと思います。

シリーズ2巻目の『涼宮ハルヒの溜息』という小説は、『朝比奈みくるの冒険』の撮影のエピソードを描いた小説、要するにネタバレ編のような感じです。文化祭に向けて映画撮影をしているところのエピソードが描かれているわけですが、谷川流さんというのは、コアな音楽ファンだろうなということがよく分かります。アニメ版でも小説版でも、涼宮ハルヒはよく鼻歌を歌うんですが、その鼻歌が非常に凝っているわけです。例えば、マリリン・マンソンという歌手をご存じの方はいらっしゃるか分かりませんが、その歌手の『Rock Is Dead』という曲を鼻歌で歌っていたり、あるいはブライアン・アダムスの『18 Till I Die』のサビだけをリフレインして歌ったりと、ロックにも非常に詳しいようです。これはもちろん作者の谷川流さんが詳しいんですが。そうかと思えば、映画『ブレードランナー』のエンディングテーマを鼻歌で歌っていることもあります。
　そういうことを単なるお遊びでやっているかというと、そうでもない。何でそんなパロディをいっぱい持ってくるのかといいますと、さっき言いましたように、そうすることで現実が何層にも重なってくるんです。つまり『涼宮ハルヒ』というアニメ作品、あるいはライトノベルのなかの女子高生がいますけれども、しかし、その女子高生・涼宮ハルヒというのは、ただの存在ではないわけですね。ただの存在ではないということは書いてもありますが、書いているだけではあまり説得力がない。ただ者じゃないということを表現するために、アニメ的にはいろいろ技法があるんですが、小説的にはそれを実感させる仕掛けが必要なんですね。つまり、「涼宮ハルヒはただ者じゃない」と書くよりも、つまり涼宮ハルヒがマリリン・マンソンを口ずさんでいるとか、ブレードランナーのエンディングテーマを口ずさんでいるとか、あるいは、なぜか二丁拳銃を連発で撃つときのやり方まで知っているということを書いた方が、涼宮ハルヒというのは女子高生だけれども、何かえらい物知りだなということが分かるんですね。少なくともただのおちゃらけた女子高生ではないということがそれで明らかになるということです。小説的にはそういうふうなテクニックを使うわけです。
　そんなふうにパロディを使うときには、何かそこにたくさんの階層を生み

出したいわけです。過去のそういうのを知っているということになるんですね。たとえば、涼宮ハルヒが『ブレードランナー』のエンディングテーマを歌えるのであれば、映画『ブレードランナー』をおそらくみたのだろうし、みていなくても、作曲者のヴァンゲリスの曲を知っているということですね。そこでグッと深みが生まれるんですね。そのようにして階層を積み重ねていくやり方がここでのパロディの意味です。いわゆるメタフィクションというふうに言われたり、SFの技法としてよく使われる、いくつも話が入れ子になっている、あるいは別の次元と平行して話が進んでいるとか、そういうふうな組み立てをするときにパロディを入れたりします。あるいは文学的には本歌取りというのもメタフィクション的な技法ですが、元の教養的知識を前提にしてさらに積み重ねていくという、そういうつくり方をしているわけですね。ですから、非常に高度な組み立て方をしているのが『涼宮ハルヒ』シリーズです。このちゃらちゃらとした女子高生が表紙になっていますので、手に取りにくいのですが、なかなか一筋縄ではいかない作品なのはたしかです。

　最初にみたときに、『涼宮ハルヒの憂鬱』のもとネタには、おそらくアニメ『うる星やつら』がありそうだなという気がしていました。簡単に言うと、「エンドレスエイト」というエピソードをみて、次の週にテレビをつけるとまた同じエピソードをやっているんですね。ちょっと微妙に変わっていますので、違うのは分かるんですが、またその次の週にまた同じエピソードをやっている、その次の週もまた同じエピソードをやっている。これは、ちょっと社会事件的な取り上げられ方をされました。「エンドレスエイト」の時空が円形に閉ざされてぐるぐる同じところを回っているような、その発想は、『うる星やつら』の映画版の2作目、『うる星やつら2　ビューティフル・ドリーマー』という、押井守監督の作品とほぼ似たような発想ですので、おそらく意識しているなということが分かります。

　そのように非常にSF的な発想のたくさん込められた『涼宮ハルヒ』なんですが、さあ、今度はSF度にいきましょう。つまりパロディ度からSF度へいきまして、さあ、だいたい線を皆さん結んでくださっていますよね。何となく見当ついてきましたか。どうでしょう。何かどこかでみたようなかたちに最後

にはなることになっています。

　SF作品としての涼宮ハルヒの魅力というのは、これは実はなかなか結構たいしたものなんですね。私の考えでは、間違いなく、谷川流さんは西宮在住で、西宮に長いこと住んでいらっしゃるので、阪神間の住人だといえると思いますが、関西在住であればやっぱりSFを考えるときに神戸在住の筒井康隆や大阪生まれの小松左京などを外して考えることはなかなかできないわけですね。ちなみに眉村卓も関西の方です。

　日本のSF小説というものを考えるときには、関西の問題を絡めたくなるわけですが、谷川流なんかは、まさに僕が思うのは、関西発の日本SF文学の後継者になっているのではないかということです。筒井康隆が文芸誌の対談のなかで『涼宮ハルヒ』のことをちらっとほめていますね。筒井康隆は辛口な方なので、辛口というよりも毒舌ですからほめるよりも悪口を言うことの方が多いのですが、『涼宮ハルヒの消失』はなかなか面白かったらしく、ちょっとほめていました。

　『涼宮ハルヒの消失』のような、ああいう時間がぐるぐる回るものとか、パラレルワールド的なものは、筒井康隆の得意とするSFジュブナイズの古典である『時をかける少女』を明らかに連想させます。また、これはどうでしょうか、ご存じだったらいいのですが、最近、筒井康隆原作の『七瀬ふたたび』が映画になっています。筒井康隆のSF小説で、七瀬シリーズは読心、つまり人の考えを読み取れるテレパシーを使う魅力的な女性が主人公なんですが、その筒井康隆原作の七瀬シリーズの3部作になっている3作目の『エディプスの恋人』という本が、まるっきり発想としては逆・『涼宮ハルヒ』なんですね。どういうことかといいますと、『涼宮ハルヒ』シリーズでは、涼宮ハルヒという女の子は、自分の思った通りに世界をつくりかえちゃったらしいんですね。世界をつくりかえちゃったというか、つくりかえようとしているというか、そのへんがいま微妙なんですが、まるで神のような力をもっていて、世界を自分の思うとおりに変えてしまう、つくり直してしまう力をもっているんだということになっています。それが、『エディプスの恋人』の中に、たとえば、涼宮ハルヒがお母さんになったら、きっとこういうことをやってのけるんじゃない

第5章　アニメ『涼宮ハルヒ』の聖地・西宮（2010年度『西宮文学案内』講演録より）　*107*

かという、そういう不思議な女神のような存在が出てくるんですね。あまりネタバレはしませんが、女神にはかわいい息子がいまして、かわいい息子のために何でもかんでも世界も全部変えてしまうんですね。理想の恋人もつくりだすし、要するに、かわいい息子は無敵なんですね。何か事故に遭いそうになったら車の方がどこかに飛んでいくとかね、要するに、女神に守られているわけです。涼宮ハルヒがもしお母さんになったら、何かそんなことをしちゃいそうな気がして、筒井康隆の七瀬シリーズの３作目と『涼宮ハルヒ』の発想は非常に似ているなと読んでいて思いました。そのようにいろいろ関西 SF を、つまりSF 文学を継承するような、それぐらいスケールの大きな物語を書いているということはいえると思います。

　さあ、だんだんまとめに入っていきたいと思いますが、『涼宮ハルヒ』の小説の中で、ちょっと意味深な一説がありますので、それを紹介して次に進めたいと思います。

　　世界をハルヒの思うとおりに変えるより、ハルヒの内面世界を変えるほうがまだ簡
　　単で、誰も困ることがないだろう。
　　　　　　（谷川流　『涼宮ハルヒの退屈』　角川スニーカー文庫　2004年　p.172）

　これはどういうことかといいますと、世界を変えてしまいそうな謎の強力な力をもった女の子ハルヒの内面世界を変える方が簡単だろうという、主人公キョンくんの一人言なわけです。これは実は、非常に大きな問題です。世界を思い通りに変える方が簡単か、それとも自分を変える方が簡単かという、実は、ちょっと哲学的な問いになっていまして、有名なアニメの『エヴァンゲリオン』シリーズも自分を変えるか、世界を変えるかという、このへんがテーマに浮上してくるわけですから、『涼宮ハルヒ』のシリーズもやっぱり自分を変えるというのは難しいということがあらわれています。世界を変えるのは難しいですけれども、だからといって自分を変えるのが簡単かというと、そんなことはないので、ハルヒの内面世界を変えることができるのかどうかみたいなことが大きなテーマになってくるわけですね。では、それは何の力によって可能かというと、このボーイ・ミーツ・ガール・ストーリーでは、愛の力によっ

て変えることができるかもしれないというあたりに話がつながっていきそうです。そのような感じで、非常に哲学的な深いことも実は出てくるわけです。

　さあ、そこでまたアニオタ度の方に戻ってください。線はこれで一応、どうでしょう、完成しましたか。まだ完成しないでしょうか。ここまでのことをちょっとまとめますと、『涼宮ハルヒの憂鬱』がシリーズの作品として非常に魅力的なのは、映像的にものすごく冴えている、クールであるというのは間違いないところです。制作会社の京都アニメーションが職人芸的な仕事をする会社で、ものすごく凝った映像づくりをしますので、アニメ『涼宮ハルヒの憂鬱』の「射手座の日」というパソコンゲームネタの1話だけでもものすごく凝ったアニメーションづくりになっています。本当にいろいろなネタがしこんであって、ものすごく手間がかかっています。音楽とのリンクの仕方も非常にうまいですし、「萌え」の要素をきちんと押さえてある。計算尽くで、つまり、ジャパニメーションといわれる日本のアニメの魅力の大きな要素である「萌え」というところをちゃんと抽出して、代表的なキャラクターをぽんぽんぽんと配置していますよね。

　そして、もう一つ私は、実写では描けない映像、また、小説では描けない映像を強く推したいと思います。実写で描けないというのはどういうことかというと、山本寛監督が2010年に撮られた実写映画『私の優しくない先輩』を見ました。押井守というアニメ監督もそうですが、アニメの監督さんやSFの人というのは実写を撮りたくなるんでしょうね。よく実写も撮られます。そして、『エヴァンゲリオン』の庵野秀明監督も実写で映画『ラブ＆ポップ』を撮りました。どれも私はちょっとコメントを控えたいような作品になっています。もちろん良い悪いは好みの問題ですが。しかし、少なくとも山本寛さんの作品としては、『私の優しくない先輩』という実写映画よりは、『涼宮ハルヒ』シリーズの方が女子高生の高校生活の青春を描いたストーリーとしては優れているように感じました。

　つまり、実写にするとちょっと違うことになってしまうということはよくあるんですね。風景もやっぱりそうで、阪神間の風景を、例えば、映画に撮った名作はたくさんあります。古くは『細雪』もあります。その前の映画になると

よく知らないのですが、村上春樹原作、大森一樹監督の『風の歌を聴け』という名作がありますし、また、宮本輝原作の『花の降る午後』というものを同じく大森一樹監督が撮っています。阪神間のきれいな風景を実写で撮った作品としては、平中悠一のデビュー作を映画化した『She's Rain（シーズ・レイン）』もありますし、枚挙にいとまがないというか、きれいな風景を撮っている作品はいくらでもあるんですが、実写の映画で見る風景というのは、やっぱり昔の映画を見ると、ああ、やっぱり昔だなと思うんですね。実写の風景というのは、案外古びます。それはいま自分が実際にみている風景との落差がものすごくリアルなので、つい古く感じてしまうんですね。でも、アニメは実写ほど古びないというのが私の考えで、たとえば、アニメに描かれた風景というのは、実写の風景ほどは古く感じないんですね。それはなぜか。元々が絵ですから、絵をみているんですから、なぜか古く感じないというのがありまして、そういうところが実写では描けない映像ということを意味しています。

小説『涼宮ハルヒ』シリーズと、アニメ『涼宮ハルヒ』シリーズは同じ原作でも明らかに別物です。小説でできないことをアニメ版では思う存分やっているということがありますので、アニメ作品の値打ちというのは、そういうところにあるのではないかと私は思います。

さて、どうでしょうか、ワークシートの形ですが、うまいことこういう形になりましたか。西宮市の市章です。このワークシートは、線でつなぐと市章になるつもりでつくったのですが。

そんなわけで、「アニメ『涼宮ハルヒ』の聖地と西宮」ということで、これで少しでも魅力の一端をお伝えできていればと思います。

私の話はここで終わりとさせていただきます。本日はどうもご清聴ありがとうございました。

　　　　　　（第三回西宮文学案内「アニメ『涼宮ハルヒ』の聖地と西宮」より）

西宮文化サロン『西宮文学案内』
第一回「村上春樹と西宮」
　　講師：内田樹
　　日時：10月20日 13：20〜

会場：神戸女学院
第二回「水木しげるの西宮時代」
　　講師：村上知彦
　　日時：10月31日14時～
　　会場：西宮市立教育会館
第三回「アニメ『涼宮ハルヒ』の聖地・西宮」
　　講師：土居豊
　　日時：11月23日14時～
　　会場：西宮市大学交流センター（西宮北口駅前アクタ内）

　　講演レジュメ：『西宮文学案内』第三回「アニメ『涼宮ハルヒ』の聖地・西宮」
　　　　　　　　　　　　　　　　　　（2010年11月23日　作家・土居豊）
【はじめに～講演の意図】
　西宮市は、村上春樹が育った街であり、また、アニメ『涼宮ハルヒの憂鬱』の舞台として世界中のアニメファンの「聖地」ともなっています。
　今回は『涼宮ハルヒ』シリーズを題材に取り上げ、同名ライトノベルを原作としたアニメ作品と、舞台となった西宮の土地の関係、特に「ライトノベルと文学の可能性」、「関西発の文学やアニメが世界で愛好されている理由」などを論じます。
　1．アニメ／ラノベ『涼宮ハルヒ』シリーズの話題性
《涼宮ハルヒ"聖地"高校の憂鬱　無断撮影や巨大落書き（2010年5月6日産経より）》
《「涼宮ハルヒ」と同じメニュー、椅子にファン満足（2010年5月8日産経より）》
　2．アニメは日本が海外発信する強力なコンテンツ
　いまやアニメキャラが歌う曲がオリコンチャートの首位を独占する時代です。アニメの舞台探訪の話題がニュースになるなど、一大ブームを呼び起こした『涼宮ハルヒの憂鬱』は、現代日本が海外発信する強力なコンテンツの一つといえます。
　中でも注目すべきは、このアニメ作品が関西在住の作家の作品を原作とし、京都のアニメ会社が制作、作品舞台も阪神間であることです。『涼宮ハルヒ』という、世界を魅了するアニメを創り出した関西文化の底力は、どこにあるのでしょう？
　その秘密を、次の3つのキーワードで考えます。
　・「メタフィクションを受容する土地柄」～小松左京や筒井康隆：関西SF文学の伝統
　・「京都と阪神間の風景」～アニメで描かれた古きよき風景：失われた阪神間の風景
　・「関西発のコンテンツ」～京アニ（ハルヒ）やガイナックス（エヴァ）を生んだ土壌
　3．ハルヒとハルキ
　『涼宮ハルヒの憂鬱』は、その原作のライトノベルも含めて、村上春樹の作品世界との親近性を持っている点が3つ挙げられます。

その1：作品舞台として阪神間の土地を描いていること。
その2：どちらもSF的作品であること。
その3：「ボーイミーツガール」を描いた典型的な青春小説的作品であること。

ところが意外にも、この両者を並べて論じた試みは、いまだありません。だからこそ、この論考を通じて今の日本、そして世界で求められる物語とはなにか、その秘密を探り出すことを試みたいと思います。

4. ハルヒとハルキの風景

(1)『涼宮ハルヒ』の主な作品舞台（ウィキペディアの解説より）

《原作では文中でほのめかされている程度で明確には示されていないが、アニメ版では兵庫県を舞台にしていることが明かされている。》

(2)「村上春樹」の小説に描かれた阪神間の例

・初期三部作
　（風の歌を聴け／1973年のピンボール／羊をめぐる冒険）
・阪神大震災によって失われた風景
　例1)『羊をめぐる冒険』（講談社文庫）
　例2)『5月の海岸線』（講談社文庫）

(3) 架空の阪神間

アニメ『涼宮ハルヒ』や、同じ京都アニメーションのTVアニメ『けいおん！』の「風景」は、村上春樹作品の「風景」と同じ作り方をしている。実在の（記憶の）風景を組み合わせて、架空の世界を創造するやり方である。

これは、文学ではよく使われる方法である。

(例1) 小川国夫の大井川周辺世界「骨洲」は、フォークナー作品のヨクナパトーファ郡と同じく、実在の帰郷をモデルに架空の村を構築する作り方で生まれた。
(例2) アーサー・ランサムの『ツバメ号』シリーズの湖水地方は、現実の湖水地方をモデルに、二つの湖を合体させて創り出された。

5. ハルヒとハルキの文体

谷川流の『涼宮ハルヒ』にみられる、村上春樹文体へのリスペクト→「やれやれ」

(1) ハルヒの文体は、ハルキ文体と同じく、標準語一人称語りによる。
(2) 方言をなくして舞台を架空の世界にする。語り手の情念を極力排してハードボイルドの語りにする。
(3) そこに「一人ぼけつっこみ」」という関西テイストがかすかにブレンドされる。
(4) ハルヒのキャラは、ハルキのキャラと同じく、「非実在」系。
(5)『1Q84』と『消失』『エンドレスエイト』の共通点。『驚愕』はパラレルストーリーとして完成するか？

第6章

涼宮ハルヒと村上春樹文学
〜西宮ゆかりの作品を読み解く〜

(2011年度『西宮文学案内・春季講座』より)

※以下は講演の収録ですので、話し言葉に近い文体になっています。

みなさま、お暑い中、ようこそいらっしゃいました。

この講座は、大手前大学メディア芸術学部の水口薫先生のゼミとタイアップさせていただいていますが、そちらで照明などの操作をしてくださっている助手の方も、卒業生だということで、ちょうどアニメ『涼宮ハルヒ』の放映が始まったころ、この大学へ来て、そして「聖地巡礼」という、作品の舞台を訪ねて歩くということもしたことがあるとのことで、いよいよ『涼宮ハルヒ』の地元にやってきたかな？と、そんな気がしています。

さて、さきほど、開演前にスライドを上映していましたが、今回初めてこの講座にいらっしゃって、「村上春樹は知ってるけど、涼宮ハルヒって何？」という方がいらっしゃるかな、と思って、最初あのスライドでざっとご紹介させていただきました。

で、これが最新刊『涼宮ハルヒの驚愕』なのですが、2011年5月発売になりまして、たちまちミリオンセラーになりまして、2009年来、社会現象にまでなった『1Q84』の部数を抜いたとか抜かないとかいわれるぐらい、話題の作品になっているわけです。

この講演のタイトルも、最初は「ハルキとハルヒ」だったのですが、「ハルキとハルヒ」って、なんだか語呂がいいですよね？ただの語呂合わせのように聞こえるかもしれないのですが、これが意外なことに、涼宮ハルヒと村上春

樹の作品を並べて論じた例や比較した例は、これまでほとんどないんですね。
　それはともかくとして、今画面に出しているのは、『涼宮ハルヒの驚愕』の本と、村上春樹の『海辺のカフカ』です。村上春樹の愛読者であれば、『カフカ』はおそらくお読みだろうと思います。この講座をやる場合の問題でもあるのですが、村上春樹の読者と、『涼宮ハルヒ』のファンは、重なるかといえば、かなり微妙なことになるでしょう。
　さて、このあたりで本題に入っていきたいと思います。
　最新刊『涼宮ハルヒの驚愕』ですが、なんと、前作『涼宮ハルヒの分裂』が出てから４年もの間、作者は沈黙を保っていて、やっと出たのです。これは私だけの考えなのですが、なぜなかなか出せなかったのか？　もしかしたら、村上春樹の『1Q84』がその間、出たんですね。これが、ものすごく話の発想が似ているんです。どちらも、世界が分裂する話で、二つの世界があって、というような話なのです。
　村上春樹の愛読者であればおわかりのように、世界が二つに分かれてどうこうっていう話は、村上作品の定番ですよね。
　『世界の終りとハードボイルド・ワンダーランド』『海辺のカフカ』そして『1Q84』がそうですね。ハルキの得意とする平行世界の話なのですけど、『涼宮ハルヒ』の方は、ひょっとしたら『1Q84』の完結を待ってから、あまり結末がかぶらないように書いたのかな？　と思ったのですね。そう思わせるぐらい、この二つの作品は似ています。世界観やストーリーの描き方が非常に似ているのです。
　もっとも、村上春樹によると、「結末は最初から決まっていた」とのことですが。
　ともあれ、読み比べるととても面白いと思います。
　ところで、今年の５月ごろ、阪急梅田駅のエスカレーターに乗られた方は、こんなポスターをご覧になりましたか？（『涼宮ハルヒの驚愕』の宣伝ポスター写真、示す）
　このポスターはすごく目をひいていましたね。ちなみに、今はハリー・ポッターがこの場所を占領しています。このように、『涼宮ハルヒ』は今、非常に

よく読まれていて、世間でも話題になっているわけです。また、世界中に名前の知れ渡ったアニメ作品でもあるのです。

私、この『驚愕』は、（前）・（後）セットで、初回限定版をネット予約していたのですが、西宮のジュンク堂で予約すると、特典として、ロケマップや、ゆかりの喫茶店の割引券がついているというので、もう1セット、ジュンク堂で予約しました。

またこのごろ、産経新聞がアニメ記事に力を入れ始めて、たまたまうちは産経なので、『ハルヒ』の記事や、『けいおん！』の記事がよく載っています。

なんと、『けいおん！』の場合、アニメのロケ地が有名なヴォーリズ建築の滋賀県豊郷小学校の校舎だったのです。また、主人公たちの住む町の風景も、京都市内の風景をロケして使っています。それで、京都市や京都府が、がぜん力を入れて、たとえば『けいおん！』のキャラクターがなぜか国税調査を呼びかけていたりします。

このような、世間でブームになっているアニメ作品の筆頭にあげられるのが『涼宮ハルヒ』ではないかな、と思うわけです。

ところで、この山は、西宮市民であればご存知ですね？ もちろん、甲山です。

画面のキャプションに鶴屋山、とあるのは、これはハルヒの読者であれば、ははあん、と気づいてくださると思います。実は、ハルヒの中に、どうやら甲山とおぼしき山が登場します。

それで、村上春樹の方にも出てくるこの甲山が、ハルヒとハルキをつなぐ鍵になっているわけです。

『海辺のカフカ』の中にでてくるお椀山は、おそらく甲山がモデルであろうといわれています。

そうだとすると、甲山がハルキとハルヒのリンクになっているわけです。そんなことを

京都府の国勢調査ポスター。

考えていると、作品を読むのもまた見方が変わってくると思うのです。

さて、まずはハルヒの方から話をしますが、この甲山の写真は、上ヶ原中学のあたりの歩道橋の上から撮っています。

つまり、この写真のような風景をながめて育った谷川流さんですが、この辺で話の核心に入っていこうと思います。

このハルヒについて考える時、常に、東日本大震災のことが頭にありました。私の息子が、大震災と大津波の映像をテレビでみながら、ふと言ったのです。「もしポケモンの世界だったら、水ポケモンが簡単に津波をとめれるのに」と。この息子の言葉が頭にひっかかったまま、ハルヒを読んでいるとき、ふと思いついたのです。

西宮市の山手の風景。アニメ版『涼宮ハルヒ』でも背景に描かれていた。

ハルヒは、西宮を舞台に描いた作品ですが、阪神・淡路大震災を思わせるものや、その痕がほとんど出てこないのです。

まるで、震災がなかったかのように。

ちなみに、ハルヒは高校1年生で、2003年に作品が書かれた時点で高1だとすると、震災のときは5歳だったわけです。だとすると、おそらく震災のことを、幼いながらに記憶しているでしょう。

ひょっとしたら、ハルヒに描かれた西宮は、震災が来なかった西宮ではないだろうか、と、思ったのです。

これは、もし谷川さんに会うことができたら、ぜひ訊いてみたいのです。

ちなみに、ハルヒは女神のような存在で、世界を作り変えてしまったということになっています。

そういう一種のSF小説なのです。

もしハルヒが世界を作り替えたとして、自分が震災を経験しているなら、無意識のうちに、震災を、なかったことにしちゃったのではないか？というような妄想を、私は抱いたわけなのです。

西宮市の山手の住宅街。アニメ版『涼宮ハルヒ』でも背景として描かれていた。

阪急西宮北口駅前広場。アニメ版『涼宮ハルヒ』で背景に描かれたが、現在は改築されている。

　ちなみに、いま映している写真は、どこもハルヒのロケ地の近くです。
　これらの場所は、私の知人のつてで谷川流さんの近い位置にいた人に会うことができて、一緒にロケ地を案内してもらったときの写真です。
　この写真は、西北の駅前広場ですけれど、この場所は、アニメの中で描かれましたが、最近、すっかり作り変えられてしまいました。
　だから、アニメで出てくる広場は、いまはもうない、懐かしい広場ということになります。
　この喫茶店も、アニメの中に出てきますが、この店は、実は駅前ロータリーに面してはいないので、アニメの中ではデフォルメされています。
　また、西北駅前から夙川まで歩いていってたり、実際の位置関係とは合わないようになっています。
　だから、ハルヒの中では、実際の西宮が、すこしずつ、変えられているわけです。いわば改変された西宮なのです。
　実際にも、現実の風景は変わっていきますよね。
　アニメの中に描かれた、あの時点での西宮の風景は、今はもうみられないのですが、少なくとも、アニメの中に永遠に保存されたのだ、とかんがえること

もできるわけです。

　ところで、アニメの中で、ポイントになる場所がありますが、その一つが、北高の文芸部室です。

　これは、『ハルヒの観測』という解説本の中で、谷川流のインタビューがありますが、関西学院大学時代のことも語っています。それなのに、谷川流が関学卒であることは、あまり語られていないのが不思議です。それで、関学時代、美術部で楽しくやっていたエピソードもあり、これがハルヒの作品の中に使われているのか？　という質問に対して、作者も否定はしていません。

　関学時代の学園生活が、実はハルヒの中にストレートに登場しているとするとあの文芸部室は、ただの舞台設定ではなく、作者の青春の象徴のようなものなのかな、と思ったりするわけです。そして、あの部室は、北高の部室であり、同時に関学のクラブハウスなのかな、と思っていまして、今後、また調べてみたいところです。

　ちなみに、『涼宮ハルヒの消失』のあとがきに、作者の青春の思い出が語られていて、文芸部室のことも語っています。どうやら、このあとがきは、実話に近いらしいです。

　このごろは、いろんな作品のロケ地めぐりというのが、観光コースになったりしていますね。

　夙川のあたりなどもそうですが、この夙川は、甲山と並んで、ハルキとハルヒをつなぐポイントだったりするのです。

　さて、さきほどから会場に音楽を流していますが、このラヴェル作曲『ダフニスとクロエ』は、テレビアニメ版『ハルヒ』の中でBGMに使われた曲です。

　また、チャイコフスキーの交響曲第4番であるとか、『海辺のカフカ』に使われたベートーヴェンの「大公トリオ」だとか、クラシックの名曲をアニメのBGMに使うやり方が非常にうまくて、そのあたりの音楽へのこだわりも、ハルヒとハルキに共通する点です。

　あるいは、映画『消失』の中で、長門は村上春樹の『世界の終り』を読んでいたりとか、さりげなくつながりが見受けられたりするのです。

さて、話を村上春樹の方にうつすと、『カフカ』の中のお椀山という山ですが、あれは甲山だと思った方、会場でどのくらいいらっしゃいますか？

あれ？いない？

そうなんです。実は、カフカの中では、あの山は山梨県にあるわけで、甲山とは一言も書いていないわけです。

でも、これは甲山では？という説があります。

しかし、実際は、甲山を思い浮かべる人は少ないのかもしれません。

ハルキの原風景には、お椀のような山を描く時、イメージは甲山だったかもしれません。

こういうのは「言ったもんがち」で、ある日、山梨県が、『カフカ』のお椀山観光コース、というのを売り出すかもしれませんよ。

その証拠にすでに高松では『カフカ』の図書館のモデルがありますよね。

阪神間に共通する舞台は、たくさんありますが、いかにも阪神間らしい空気感を醸し出しているのは、学生の姿でしょう。特に宝塚線から神戸線にかけては、学校が多いので、学生が電車一杯であったり、いかにも阪神間らしい光景があるのです。

一例をあげると、ハルヒの中の高校生は、テスト休みがあるのです。これは、関西に多いことで、最近はテスト休みも減ったようですが、こういう甘っちょろいことは、地方の進学校では考えられないでしょう。こういうまったりしたノリは、いかにも阪神間らしいなと思うわけです。

さて、そろそろ話をまとめにかかりますが、この映像のように、阪神大震災で破壊された風景をみると、村上春樹の描いた阪神間というのは、震災の前の風景です。

映画化された『風の歌を聴け』も、やはり震災前の風景を映像化したといえます。

神戸港にある震災メモリアルパーク。阪神・淡路大震災で破損した岸壁。

そういうハルキの中の風景は、実はかなり失われてしまっています。
　ところが、『カフカ』の中の神戸は、2000年ごろの神戸の風景になるのです。
　その神戸は、前にハルキが描いた阪神間の風景とは明らかに違います。
　港の周辺の、小汚い風景を描いていて、しかも、すぐに素通りしてしまうわけです。
　作者が、神戸をちょっと避けているな、という感じがします。
　むしろ、神戸である必然性がなく、特に神戸でなくてもよかったのでは？と感じさせるぐらいです。
　一度失われると、元にもどらないのは、震災で倒壊した谷崎潤一郎ゆかりの鎖瀾閣が、復元できないことをみてもわかります。
　実は、今の阪神間の住宅街は、震災後、かなり建て替えられているのですが、そう考えると、昔の阪神間の風景は、変わってしまっているわけです。
　ハルキの作品の風景を歩いているつもりで、実はまったく違う風景をながめているかもしれない、ということもできるわけです。
　考えてみると、失われた風景は、小説の中にしかないのかもしれない。つまりは、人の心の中にしかない風景なのだともいえるわけです。
　それが、ハルヒの場合にもいえます。
　阪神間から離れますが、大阪駅が建て替えられて、ずいぶん違う風景になりました。阪急百貨店も建て替えで、有名な映画『ブラックレイン』のロケ地もすでにない、という、もったいないことになっています。
　実は、大阪駅の風景は、ハルヒにも登場しますが、すでにその風景は失われているわけです。
　最後に、村上春樹と奈良、という関係にも、注目しています。たとえば、カフカ少年は、四国に行かずに、奈良に行ってもよかったと思います。なぜなら、意外なつながりが、ハルキ作品と奈良にはあるのです。
　このように、ハルキ作品とつながりの深い土地というのはけっこうあります。
　西宮も、ハルキ関連の土地を主張するのであれば、よそにとられないうちに

やった方がいいでしょう。

　ハルキとハルヒがどこでリンクするか、それは、どちらも、震災で失われてしまう前の阪神間だということです。

　『カフカ』を読むと、震災後の神戸に対する屈折した思いが感じとれます。

　同じく、『ハルヒ』の西宮は、震災がこなかった西宮だ、というのが、私の仮説です。

　　平成23年度西宮文学案内　春季講座
　　第1回『阪急電車』今津線大検定
　　　　5月8日（日）13時〜西宮市大学交流センター
　　　　　講師：近藤司・河内厚郎（文化プロデューサー）
　　第2回「文学の中のお嬢様」
　　　　6月7日（火）13時〜神戸女学院大学
　　　　　講師：堀江珠喜
　　第3回「涼宮ハルヒと村上春樹文学〜西宮ゆかりの作品を読み解く」
　　　　7月9日（土）14時〜大手前大学
　　　　　講師：土居豊（作家・文芸レクチャラー）
　　　　　主催：西宮市、（公財）西宮市文化振興財団

　　　講演レジュメ『西宮文学案内・春季講座』第三回『涼宮ハルヒと村上春樹文学〜西宮ゆかりの作品を読み解く』
　　　　　　　　　（2011年7月9日　作家・文芸レクチャラー　土居豊）

【はじめに〜講演の意図】
　西宮市は、村上春樹が育った街であり、また、谷川流のライトノベル／アニメ『涼宮ハルヒの憂鬱』シリーズの舞台として世界中のラノベ／アニメファンの「聖地」ともなっています。昨年に引き続き、世界的作家・村上春樹の小説と、『涼宮ハルヒ』シリーズとの関連を読み解きます。

1. ノーベル文学賞候補作家・村上春樹の小説とラノベ／アニメ『涼宮ハルヒ』シリーズとの意外な関係

　『涼宮ハルヒの憂鬱』は、その原作のライトノベルも含めて、村上春樹の作品世界との親近性を持っている点が3つ挙げられます。
　　その1：作品舞台として阪神間の土地を描いていること。
　　その2：どちらもSF的作品であること。

その3：「ボーイミーツガール」を描いた典型的な青春小説的作品であること。
2. ハルヒとハルキの文体
ラノベ『涼宮ハルヒ』シリーズにみられる、村上春樹文体へのリスペクト
(例)「やれやれ」というセリフの使い方
　　「やれやれ」とは、『ノルウェイの森』のワタナベの口癖でもあるように、村上作品の語り手が決めセリフのように常用する。
　　一方、『ハルヒ』の語り手キョンも、要所要所で、わざとのように「やれやれ」とつぶやいてみせる。
3. 『ハルヒ』のモデルと作品の区別（同窓生への取材より）
(1) 谷川流氏の在学中の西宮北高文芸部と『ハルヒ』のSOS団との共通点はあるか？
　→演劇部と合同で、放課後の部室でわいわい騒いでいたとのこと。
(2) 文芸部室のイメージは、アニメの通りか？
　→木造の部室ではなく、雰囲気はかなり違ったとのこと。
(3) その他の主人公たちのモデルと考えられる生徒はいたか？
　→モデルではないか？といわれている同窓生はいる、とのこと。
(4) 在学中に喫茶ドリームに行ったことはあるか？
　→存在は知っていたが、昔も今も、ドリームは高校生が気軽に入る店ではないとのこと。
(5) 在学中に北口駅前の広場で待ち合わせしたか？
　→待ち合わせ場所によく使われたという印象はないとのこと。
4. ハルヒの風景～『涼宮ハルヒ』に描かれた関西の風景描写（同窓生への取材より）
(1) 鶴屋山は甲山？
　→おそらくその通り。小学生の遠足の定番。
(2) 甲子園球場にハルヒが行ったエピソードについて
　→西宮市は、小6と中学の行事で、年に一度甲子園球場を使っていた。
(3) 谷川流氏と図書館について。
　→高校生のころはまだ北口図書館はなく、香櫨園にある中央図書館しかなかったので、谷川氏の実家から自転車で行くには相当遠いはず。
5. ハルキの風景～村上春樹の小説に描かれた関西
・故郷の西宮、芦屋の風景（初期3部作、『ノルウェイの森』『国境の南、太陽の西』など）
・奈良の古墳（『風の歌を聴け』）
・京都の北山山中、美山近辺（『ノルウェイの森』）
・甲山（カフカのお椀山→作中では山梨県）
6. 文学の中だけに永久保存された阪神間の風景
【震災をめぐるハルヒとハルキ】

（仮説）阪神淡路大震災からハルヒは生まれた
村上春樹は震災をどのように見、描いたのか？
【甲山をめぐるハルヒとハルキ】
（仮説）ハルヒ：鶴屋山＝甲山＝お椀山：ハルキ

　阪神間の風景の象徴である甲山が、両者の作品の風景として共有されていることは、阪神間を描いた作品の代表例としてふさわしい。

第7章

ハルキ VS ハルヒ
～村上春樹 VS 谷川流『涼宮ハルヒ』～

(2011年度はびきの市民大学講座「村上春樹と12人のライバルたち」より)

※以下は講演の収録ですので、話し言葉に近い文体になっています。

　映画『涼宮ハルヒの消失』は、元々はテレビアニメシリーズで、原作のライトノベルも人気作でした。

　村上春樹と涼宮ハルヒの、ハルキとハルヒが語呂合わせだという理由ではもちろんなくて、この両者に意外なつながりがあるということを、ここしばらく研究しているわけです。くわしいところは、レジュメに解説しています。

　で、まず、この見本をお持ちしましたが、これがライトノベルというもので、一見マンガの本のような絵のついた表紙で、どちらかというと若い子向きの内容の本を、ライトノベルといいます。さすがに、この本をカバーをつけずに電車の中で読む勇気は私にはないのですが（笑）、これは、実はフランス語に訳された『涼宮ハルヒ』のマンガ版です。もちろん、私はフランス語はわからないですが、値段は13ユーロで、知り合いがスイスで見つけてお土産に買ってきてくれたものです。つまり、『ハルヒ』があちこち外国で翻訳されている一例のご紹介ということで、持ってきました。

　で、『涼宮ハルヒの憂鬱』」という本は、画面に出していますが、こういう表紙のライトノベルです。

　一方、こちらはご存知、『1Q84』です。こうしてならべてみると、まったく似ていません（笑）。

　しかし、実は、『ハルヒ』シリーズの最新刊（2011年時点）、『涼宮ハルヒの

驚愕』が、この５月に発売になって、実売がこの『1Q84』を超えたということがニュースになっていました。

　内容的にも、不思議な事に、『1Q84』とかぶる部分があるのです。

　以前、『1Q84』がミリオンセラーになったころ、アンチ村上春樹の人が「これはただのライトノベルだ」と批判していたのですが、登場人物が、『1Q84』は完全に架空の世界の話で、ヒロインの青豆という女性が殺し屋という、マンガチックな描き方をされ、また、ふかえりという謎の美少女は、まるでアニメのキャラのような描き方をされていました。

　それで、村上春樹がライトノベルを描いただけ、というようなけなし方をされていたわけです。

　さて、まずはライトノベルというもののイメージをもっていただけたらいいかな、と思います。

　あまり踏み込んだ話は今日はしませんが、『ハルヒ』について、世間で話題になっているのは、いい意味でも、悪い意味でも、熱心なファンの行動についてなのです。

　アニメファンの熱心な方が、世間でいうところのオタクな方が、作品の舞台を訪ね歩くということをしています。そういうのは昔からあると思いますが、最近は、「聖地巡礼」といいまして、それを地元の市町村が、話題性を利用して観光誘致をしたりするようになったのです。

　有名な例として、滋賀県の豊郷小学校を舞台にしたアニメ『けいおん！』の例があります。この豊郷小学校というのは、明治時代、建築家のヴォーリズという人が作った有名な近代建築なのです。関西では、他にも、関西学院や神戸女学院など、ヴォーリズ建築はよく知られています。

　アニメの中では、もちろん、豊郷小学校を、高校の校舎に見立てて、舞台に使っているのです。それで、豊郷町はそのアニメの話題で町おこしをしようと、観光誘致をしているわけです。

　『ハルヒ』の場合は、西宮市が舞台でして、アニメの場面と実際の場所は、明らかにそっくりです。で、ファンの人が調べて、その場所に行くわけです。

　ところが、いい意味で有名になるだけではなく、ファンの人が学校に無断侵

入してしまったりして、それが新聞沙汰になったりもして、物議をかもしているわけです。

　ところで、この写真は、アニメの中にでてくる喫茶店で、実際に西宮北口駅前にある店です。それでファンは、その店に行って、アニメにでてきた席に座ったりして楽しんでいるのです。ちなみに、お店もちゃんとそのことを知っていて、たとえば、この写真のように、たなばたの飾り付けをしたりして、アニメとそっくりにして楽しんでいるようです。

西宮北口近辺にある喫茶店、珈琲屋ドリーム。アニメ版『涼宮ハルヒ』で描かれた。

　ところで、話は、このアニメ『ハルヒ』が、村上春樹とどう関係するか、ということなのですが、『ハルヒ』を小説で読むと、明らかにハルキの影響を受けています。特に文体、一人称の語り口が、ハルキの影響をもろに受けています。また、作品の舞台が、同じく阪神間だということもあります。そして、ストーリーがSFタッチだということも、共通項です。それも、純粋なSFではなく、日常的な物語にSF的な話が混ざっているという、「日常系SF」というべきものです。そういう作風が、両者はとてもよくにているのです。

　どちらも、青春小説的で、しかも日常系SFということになります。

　今日は、両者の共通する点の中で、描かれた風景のことを中心にお話します。

　これは有名な場所ですが、『羊をめぐる冒険』の中に、この風景が描かれています。これは、芦屋の浜風町というところの高層マンションです。『羊をめぐる冒険』の中では、この芦屋らしき場所へ、東京から主人公の「僕」が帰ってくる場面があります。帰って来た故郷の町には、この実在の高層マンションが建っているわけですが、このマンションを小説の中で、「墓石のような」と形容したことで、後に、村上春樹が阪神・淡路大震災を予言した文章、ということで注目されているのです。

芦屋市浜風町の高層住宅。『羊をめぐる冒険』で描かれた。

この部分の描写は、『羊をめぐる冒険』の元になった短編『5月の海岸線』の中で、もっと露骨な表現で書かれているのが、面白いのです。

ここでは、「火葬場のようだった」とか、「君たちは崩れさるだろう」とか、まったく震災の被害を予告するような表現で、あとから思うと、驚かされます。ハルキが不思議な鋭い感覚で、未来を予知したのかもしれませんね。

このマンションのある場所は、元々は海水浴場だったのですが、村上春樹が上京したあとで、埋め立てられて、マンションが建った、ということで、それで、この『羊をめぐる冒険』のエピソードは、作者本人の体験を反映したものだといわれているわけです。

しかし、はっきり地名はでてこなくて、芦屋や神戸とは書かれていません。

この『羊をめぐる冒険』のころは、村上春樹は地名をはっきり書かないことが多かったのです。とくに、故郷の町については、地名を書いていません。

さて、この写真は、芦屋川の風景ですが、このあたりの光景は、『風の歌を聴け』の中で描写されていますが、実は町の名前や地名は書いていないのに、読むと、芦屋だな、とすぐにわかります。

しかし、なぜ地名を書かないかというと、これはよく小説でやる手法で、実在の土地と微妙に変えて書いているわけです。だから、ハルキの芦屋も、実在の芦屋ではなく、少し違うような感じで描かれます。

芦屋川河口付近からみた六甲山、『風の歌を聴け』で描かれた風景。

この手法は、映画でも使うのですが、映画版『風の歌を聴け』でも、実在の芦屋、神戸など阪神間の風景をロケしながら、実際には、場所と場所の距離感などが、ずいぶん違っています。
　そういうわけで、「架空の町」というように、レジュメでは書いているのです。

阪急西宮北口駅前のマクドナルド。アニメ版『涼宮ハルヒ』にも同じ系列店が描かれた。

　『ハルヒ』の場合も、やはり西宮の町が、実際の西宮とは微妙に違う「デフォルメされた西宮」となっています。アニメで描かれた駅前の待ち合わせのロータリーは、今はすでに作り替えられてしまいましたが、駅前で待ち合わせて行く喫茶店の場所が、少し違うように描かれていたり、そういう感じに、まるで架空の町のような描き方をされているのです。
　そのことは、「聖地巡礼」でその場所をめぐる人にとっても、自明のことで、まさに「架空の町」西宮をめぐって歩くことになるのです。
　ちなみに、『ハルヒ』にも地名はほとんど書かれていません。西宮どころか、大阪も神戸も書いていません。阪神間を示す地名は、あえて隠されているのです。
　しかし、アニメの方では、現実の阪神間の風景を、制作会社がロケハンして、その風景をアニメの背景に使っているので、すぐにわかるのです。
　小説では、架空の町だったのが、アニメでは、写真にとった実在の西宮を描いていることになるのです。地名も、夙川が祝川、甲陽園が光陽園、などとすこしもじっただけで出てきます。
　それで、原作の場所と、映画化されたロケ地が違うのは、いたしかたないことだろうと思います。『風の歌を聴け』の中では、「僕」と「鼠」が出会うのは芦屋の打出公園、通称お猿公園ですが、映画ではそれが西宮球場でのことになっています。それで、村上春樹のゆかりの場所として、芦屋と西宮の両方が

取り合いをしているわけです（笑）。

『ハルヒ』と「ハルキ」のどちらも、作品の中の風景というのは、現実そのものではなく、架空の風景である、ということをお話しました。

さて、今日の話を強引にまとめます。

例えば、司馬遼太郎の『燃えよ剣』に描かれる土方歳三は、実在の土方とは少し違うかもしれません。しかし、あくまで司馬遼太郎の歴史物語の世界があって、その中で、架空の風景が描かれ、事件も起こるわけです。

日本の小説では、そのあたりのことがごっちゃになることが多くて、村上春樹が日本の小説を読まなかったというのは、実は幸いだったかもしれません。つまり、近代以来の自然主義、リアリズムの小説を、若い頃の村上春樹は読んでいなかったのです。

長らく、日本の小説は、私小説がよくて、絵空事はだめ、ということになっていました。架空のお話、絵空事の小説はあくまでエンターテイメント作品でしかなく、だから村上春樹の小説は現実との接点がないから文学ではない、というような酷評をうけていました。

しかし、本来、小説とは物語、つまりお話であるはずで、村上春樹もそういう作品を描いています。だから、司馬のような歴史小説も、お話として書かれているので、事実だと思ってはいけません。そこが、物語の面白さだといえるのです。

村上春樹とハルヒの場合、この両者の共通点として「やれやれ」というセリフが頻出します。そして、どちらも、関西を舞台にしていながら、方言は使わず、翻訳文体のような書き方をしています。その大本は、ハードボイルド小説です。

しかし、方言を使っていなくても、一人ぼけつっこみの部分など、いかにも関西テイストです。

さらに、両者とも、ストーリーの組み立てが三角関係にある、というところが共通点として挙げられます。いずれも、三人の力学というもので、カップルにもう一人くわわることで、ストーリーが動くわけです。

若い子向きのライトノベルの中に、春樹のエッセンスが受け継がれていると

いうのは、面白いことではないでしょうか。

　2011年度はびきの市民大学講座「村上春樹と12人のライバルたち」第6回
《ハルキ VS ハルヒ（村上春樹 VS 谷川流『涼宮ハルヒ』)》
「ハルキとハルヒ」って語呂合わせ？ いや違います。一見無関係にみえる村上春樹の小説と、ライトノベル／アニメ『涼宮ハルヒの憂鬱』シリーズ。阪神間が生んだ世界的な作家、村上春樹と、世界中に熱烈なファンをもつ人気ライトノベル／アニメシリーズの生みの親、谷川流。二人の作品世界は、実は阪神間文化という源流でつながっているのです。（シラバスより）

　2011年度前期・はびきの市民大学講座「村上春樹と12人のライバルたち」（全12回）
　ノーベル文学賞候補でありミリオンセラー『1Q84』で社会現象にもなった村上春樹の文学を、関係の深いライバルたちとの比較で読み解きます。講師は春樹研究歴20年、近著『村上春樹のエロス』他著作多数刊行しています。
　2011年4月24日から毎日曜日15時。LICはびきのにて。
　4月24日「村上同士の対決（村上春樹 VS 村上龍）」
　5月 8 日「阪神間育ちの作家対決（村上春樹 VS 宮本輝）」
　5月15日「早稲田出身の作家対決（村上春樹 VS 立松和平、三田誠広）」
　5月22日「ノーベル賞候補と受賞者の対決（村上春樹 VS 川端康成、大江健三郎）」
　5月29日「国民文学と呼ばれた作家の対決（村上春樹 VS 司馬遼太郎）」
　6月 5 日「ハルキ VS ハルヒ（村上春樹 VS 谷川流『涼宮ハルヒ』）」
　6月12日「社会現象となったベストセラー対決（『ノルウェイの森』VS セカチュー）」
　6月19日「ノンフィクション対決（『アンダーグラウンド』VS カポーティ『冷血』）」
　6月26日「カフカ同士の対決（『海辺のカフカ』VS フランツ・カフカ）」
　7月 3 日「ハルキ VS 名探偵（VS チャンドラーのフィリップ・マーロウ探偵）」
　7月10日「ハルキ VS ギャツビー（VS フィッツジェラルド『グレート・ギャツビー』）」
　7月31日「ハルキ VS カラマーゾフ（VS ドストエフスキー『カラマーゾフ』）」
　お問い合わせ、お申し込み：羽曳野市立生活文化情報センター　LICはびきの内　はびきの市民大学

第8章

ハルキとハルヒ
～二人の故郷喪失者～

1. 阪神間文学としてのハルキとハルヒを論じる

（1） 地名と方言と風景

　谷川流は、村上春樹以後の作家であり、その文体は、明らかに80年代のポストモダン的テキストの影響を受けている。このことは、谷川のどの作品にも顕著にみてとれる特徴である。つまり、その特徴とは、"過剰な固有名詞"と"翻訳文体"、そしてハードボイルドの語りである。

　もっとも、これらの特徴は、ライトノベルの文体に多くみられるので、谷川だけが特別だということはできない。ただ、谷川の場合、間違いなくいえるのは、村上春樹と同じく、阪神間出身で、作品の背景に阪神間があるという点である。

　ところで、同じく阪神間を描く作家の小説でも、村上春樹と谷川流以外の作家の場合、ちょっと違うのだ。たとえば、宮本輝の場合、同じ阪神間を描いた小説でも、明らかに村上作品や、谷川作品とは異なる。簡単にいうと、基本的にリアリズム小説である宮本作品の場合は、阪神間を描くとき、その地名を実在の風景として、写実的に描いている、ということである。写実的な描写、ということがもっともよくわかる特徴は、人物に関西弁をしゃべらせる点に現れている。

　同じく、阪神間を描いた作家として、田辺聖子や、井上靖、さらに谷崎潤一

郎にまでさかのぼってみても、みな、阪神間を実在の阪神間として描く点では共通している。人物たちが関西弁を話す限り、その土地は実在の阪神間であることが読者にストレートに伝わるのだ。

いみじくも、村上春樹は、関西弁で書くと、小説の成り立ちがまったく別のものになってしまうので、方言で書かない、という趣旨のことをエッセイで述べている。村上春樹の描く阪神間の風景は、一つの記号であり、その文体は、あくまでニュートラルな姿勢を崩していない。だから、村上作品の中の阪神間は、実在する阪神間ではなく、すでに失われた、幻の風景なのである。

谷川流の場合も、村上作品の場合と同じく、阪神間を描いていながら、その風景はあくまで記号で、幻の風景なのである。そもそも、ライトノベルの風景とは、記号的でなければ成り立たない。なぜなら、ライトノベルの小説は、語りも、人物も、そして風景も、イラストのイメージではっきりと固定されてしまうからだ。

谷川流の『涼宮ハルヒ』の中で語られるハルヒは、あくまでもいとうのいぢの描いたハルヒの姿をしている。その語りは、いとうのいぢの描くキャラたちを語るための文体でなければならないし、その風景は、いとうのいぢの描く人物たちが闊歩する背景でなければならないのだ。つまり、ライトノベルの文体は、通常の小説の場合と違って、あくまでもイラストやアニメなど映像作品のイメージに従う必要がある、ということだ。

だから、もし谷川流が、『ハルヒ』の物語を描く背景として、実在の阪神間の風景を文章化しようとしたとしても、ハルヒたちをその風景の中に立たせたとたんに、その風景は、実在の阪神間をトレースした幻の阪神間に変わってしまうのである。風景をトレースする、というイメージは、いみじくも村上春樹の『風の歌を聴け』にこう書かれている。

> 夏の香りを感じたのは久し振りだった。潮の香り、遠い汽笛、女の子の肌の手ざわり、ヘヤー・リンスのレモンの匂い、夕暮の風、淡い希望、そして夏の夢…。
> しかしそれはまるでずれてしまったトレーシング・ペーパーのように、何もかもが少しずつ、しかしとり返しのつかぬくらいに昔とは違っていた。
> 　　　　　　　　　　（村上春樹　『風の歌を聴け』　講談社文庫　p.135）

このように、村上文学は、ライトノベルの『涼宮ハルヒ』の風景を先取りしたともいえるし、ライトノベルは村上春樹の影響下に生まれた、ということもまた、いえるのである。

（2）作品舞台のフィールドワークについて～聖地巡礼とは？～

ところで、村上作品と、『涼宮ハルヒ』の共通項として、舞台探訪、あるいはいわゆる"聖地巡礼"の存在がある。

近年、ニュースにとりあげられることも多い聖地巡礼という行為は、アニメ作品を対象にしていることが多いのだが、実はその先駆的な例は、文学作品の舞台や作者の故郷を探訪することにみられる。もっとも有名な例は、『シャーロック・ホームズ』の愛読者であるシャーロキアンたちであろう。また、日本における『赤毛のアン』の愛読者たちも、アンの聖地・プリンス・エドワード島への旅行をするような点では、同じだといえる。欧米では、『ハリー・ポッター』ファンのポッタリアンが、近年よく知られている。

また、日本のアニメを対象にした聖地巡礼は、海外のアニメファンの中にも、増えてきているようだ。その聖地巡礼の代表的なものが、『涼宮ハルヒ』の場合なのである。

　「アニメ"聖地巡礼"で行ってみたい１位になったのはあの作品のあの場所」
　アニメの舞台となった場所を訪れることを"聖地巡礼"というが、BIGLOBEの「アニメワン」で、その聖地巡礼で行ってみたい場所をアンケート調査した。
　１位になったのは「涼宮ハルヒの憂鬱」の兵庫県西宮市。西宮市には主人公たちが通う高校の通学路や名シーンの舞台に使用された場所が数多く点在。同地を訪れた"聖地巡礼"レポートも数多くあり、まさに聖地巡礼のメッカともいえる存在だ。
　２位には「ひぐらしのなく頃に」の舞台となった岐阜県白川郷、３位には「けいおん！」の滋賀県豊郷小学校旧校舎が入った。これら上位に入っている場所は、アニメファンの訪問が町おこしにもなっており、観光名所化している。
　　　　　　　　　　　　　　　（RBBTODAYニュース2011年7月1日）

ちなみに、ライトノベルの谷川流『涼宮ハルヒ』シリーズには、西宮の地名の記述は出てこない。ただ、「光陽園駅」（甲陽園）や、「北口駅」（西宮北口）

といったネーミングは、関西在住の人間には、西宮市のこと？と思わせるし、5万人収容の野球場（甲子園？）、鶴屋山（甲山？）など、作中の風景は、阪神間をほうふつとさせる。

アニメ『涼宮ハルヒ』シリーズで綿密なロケハンの後に作られたアニメ中の風景は、西宮をはじめとする阪神間の風景そのものだった。

『涼宮ハルヒ』の聖地・西宮の場合はその点で、このニュースのランキングに入った他の作品と明らかに違う。つまり、作中の舞台設定と、アニメの背景とが、ぴったり一致しているということである。

たとえば、『けいおん！』の場合、原作が4コママンガであるせいもあってか、物語中の土地がどこなのか、未確定のようだ。アニメ『けいおん！』の風景は、滋賀県豊郷町の豊郷小学校や、京都の風景だが、物語としては、どうやら関東が舞台になっているらしい。アニメの中で、主人公たちが修学旅行で京都に行くという設定は、そもそも地元が京都であることを完全に否定するものだ。だからといって、『けいおん！』の聖地として、アニメで描かれた京都のミュージックショップにファンが訪れることを否定するわけではない。

もともと、ある作品の聖地というのは、作品のエッセンスを感じることができる場所であれば、現実に存在しない土地だとしても成り立つはずだからだ。実在しないホームズという名探偵が下宿していたと称するロンドンのベーカー街の建物が、今では世界中のシャーロキアンの聖地となっているのと同じように、実在しない『けいおん！』の高校の聖地巡礼が豊郷小学校で行われても、ファンにとっては満足なはずなのだ。

けれど、『涼宮ハルヒ』の場合は、物語中の土地が現実の土地としてほぼ完全に存在する、稀有な例だといえる。だからこそ、聖地巡礼のテンションはいやがうえにも盛り上がるというものだろう。

アニメ版『ハルヒ』で、キョンが自転車を停める西北駅前の風景は、実在の風景そのままだ。

しかしながら、せっかく世界中に名高い"ハルヒの聖地"である西宮市は、案外このことを意識していなかったようだ。ようやく、西宮市関連の聖地巡礼企画が充実してきたとはいえ、アニメ『涼宮ハルヒ』シリーズで描かれた阪急西宮北口駅の駅前広場は、工事で完全に別物に作り替えられた。また、映画『涼宮ハルヒの消失』が、公開当初は地元西宮の映画館で上映されていなかったことで、ファンを嘆かせた。

> 「涼宮ハルヒ」の舞台　西宮へファン続々
> （前段省略）純喫茶風の「珈琲屋ドリーム」は、ハルヒが好むアイスエスプレッソを出す店として知られる。店主の細海研一さんは「2006年のテレビアニメ化以降、店内外で写真を撮る人が激増した」と話す。
> 　09年春には、ファンで常連のちゃうけさんが、関連書籍や来店者ノートを並べたコーナーを作った。
> 　店の人気に拍車をかけたのが、昨年7月に登場した「メロンクリームソーダ」だ。登場人物が喫茶店で飲んでいたため、メニュー化の要望が上がり、ちゃうけさんが提案。熱意に押された細海さんは、アニメの画像で、グラスやアイスクリームの盛り付けを忠実に再現した。
> 　ゼミの研究の一環で来店する学生や、韓国や台湾、米国などの観光客も多い。5月の最新作発売前後には客が殺到した。
> 　谷川さんもかつて常連客で、アイスラテとホットドッグを頼んでいた。細海さんは「ファンは礼儀正しく、マナーを守る雰囲気がある。ストーリー中の世界を楽しんでもらえれば」という。（後段省略）　　　　　（『神戸新聞』2011年7月4日）

また、この喫茶店に集うハルヒファンたちを取材した記事もいくつか書かれている。

> 〈知遊自在〉虚構に漂う現実の香り
> 　ドリームにはファンが書きこむ雑記帳がある。その中の一文。
> 　「谷川君、夢をかなえたんだね。……アニメのハルヒを見ていると、あのころの気持ちを思い出して懐かしく楽しんでいます」
> 　谷川が西宮北高時代に所属した文芸部の一つ上の先輩と名乗る人がひっそり寄せたメッセージである。　　　　　（『朝日新聞』夕刊2011年9月13日）

第 8 章　ハルキとハルヒ〜二人の故郷喪失者〜　135

　この記事に関しては、特にハルヒファンの間で話題が盛り上がったようだ。
　というのも、この記事中に書かれた、谷川流の高校時代の先輩と称する書き込みは、『涼宮ハルヒの消失』あとがきで、谷川自身が書いた「先輩のエピソード」とかぶるからである。
　珈琲屋ドリームのハルヒノートへの書き込みについて、ネット上でも、さまざまな反応が掲示板に書き込まれ、盛り上がっていたらしい。
　たとえば、「谷川流のいた文芸部は、どんな雰囲気だったのか？」「アニメのSOS団そっくりににぎやかな部室だったのか？」「映画『消失』のようにひっそりした部室だったのだろうか？」というような、実在の西宮北高校文芸部についての話題や、「女の先輩と部室で２人きりだと！」「その先輩は覚えてくれてたんだなあ」「あれって本人同士だけに通じる後書きだ」というような、谷川流の高校生活がいわゆる「リア充」っぽいことについてのツッコミもあった。
　また、「書いたのは長門のモデルになった人か？」「『ハルヒ』には作者の体験がそうとう入ってるんだろうな」「ハルヒは荒唐無稽なストーリーだけど、高校生活の描写がリアルだ」といった、長門有希のモデル探しについての話題もあれば、「この記事が出る前から、ドリーム常連にかなり知られてたけど、これで知れわたってしまった」「この記事書いた記者、ちゃんと裏とったのか？　これがほんとなら、まさに現実は小説より、だが」というような、この記事の真偽そのものについての疑問もあった。
　筆者は、聖地巡礼の中でのさまざまな話題を、作品の舞台となった喫茶店・珈琲屋ドリームに集うファンたちから、実際に聞くことができた。
　また、ネット上のさまざまな掲示板にも、『ハルヒ』聖地巡礼についての話題が書き込まれている。その中には、作者谷川流と同じ学校の卒業生もいるようだし、作品の舞台となった場所に精通している人も多い。
　ネット上の書き込みの例だが、たとえば、「北高出身と仮定して、その年度で苗字が谷川は一人だけだ」「谷川流の写真でてるサイトや本があったら卒業アルバムで比較できる」というような、谷川流のプライバシーに踏み込んだものや、「震災が間にあったので、自分たちのころと校舎や、文芸部の部室の場

所も違う」「体育館ライブすごく懐かしかった。そういえば体育館、渡り廊下から入る入口があったなあ」「担任のオカベってハンドボール部顧問だったオカベ先生のこと？」などという、卒業生の目線からの懐かしそうなものもある。

また、「鷲林寺経由のバスは甲山高の人たちだらけで、通学バスはバス停が遠いし、上ヶ原中出身者でも徒歩通学の方が多い」というような、リアル北高生の通学風景を教えてくれる書き込みもあって、参考になる。

さらに、「長門のマンションは、場所と概観はモデルが別らしい」「商店街は阪神の尼崎だし、ちょっと遠すぎだ」といった、ロケハン場所とアニメ中での距離の違いなどの鋭い指摘もあれば、「甲山は小学生低学年の定番遠足地だった」「お嬢さん女子校なら甲南女子だし、県内有数の進学校なら甲陽学院で、しかも共学なら、夙川学院と甲陽学院を合体させたか？」といった、いかにも地元ならではの事情通の書き込みもある。

ところで、筆者自身は、村上春樹の作品舞台をフィールドワークして書いた『村上春樹を歩く』（浦澄彬名義　彩流社　2000）以来、阪神間を中心に、村上作品の舞台探訪、聖地巡礼を試みてきた。その経験を活かして、ハルヒの聖地巡礼も、何ヵ所かやってみたことがある。

そこでひとつ、仮説をもっているのだが、『ハルヒ』のSOS団が集まる喫茶店のモデルは、最初はドリームではなく、マルコ・ポーロだったのではないか？　と考えている。なぜなら、『ハルヒ』の中で描かれる喫茶店は、駅前のロータリーに面しているはずだからだ。

マルコ・ポーロというのは、まさしく西北駅前ロータリーに面したカフェバー的な店で、当時、西北駅前の待ち合わせなどによく利用されていた。夜はワインバーになるため、アニメ版のドリームとはイメージがまったく違うが、学生当時の谷川流が、ドリームと同じく、マルコ・ポーロを愛用していたとしても

アニメ版『涼宮ハルヒ』に描かれた珈琲屋ドリーム。

不思議ではない。
　なにしろ、谷川流は生粋の宮っこ（西宮の生まれ育ち）だし、地元の関西学院大学の学生だったのだ。
　※ 参考
　マルコ・ポーロ（西宮北口）ワインバー。阪急西宮北口駅前のビルの地下一階。兵庫県西宮市甲風園1-4-12不二屋ビルB1F（現在はない）

　2. ハルヒとハルキ〜実際に描かれた風景〜

（1）　ハルヒとハルキ〜実際に描かれた風景〜
　1）『涼宮ハルヒの消失』の場合
　谷川流の原作では阪神間かどうかぼかされていた物語の舞台も、映画版では、地名や施設名で明らかになっている。決定的なのは、実在する「甲南病院」の看板だろう。明らかに神戸だとわかる夜景を、病院の屋上からながめながら、キョンと長門が会話する最後の方のシーンで、屋上にはっきりと「甲南病院」の看板が描かれている。
　ロケしたモデルそのままの固有名詞が出てくるのは、アニメ作品では珍しい例だといえる。テレビアニメでは、地名をぼかしていたのに、映画版では、思い切ってロケ地を明確に示したわけだ。この映画版では、物語が土地の描写と密接に結びついているのだと考えられる。つまり、世界を改変する、というモチーフを描くとき、その世界が、匿名の、どこにでもありそうな町では、世界が変わったというリアリティの焦点がぼやけてしまうのだ。
　これは、パラレルワールドもの、あるいは世界変革ものの物語作りの特徴だといえる。たとえば、村上春樹の場合、『世界の終りとハードボイルド・ワンダーランド』でも、『1Q84』でも、並行する元の世界や改変する前の世界では、はっきりと固有名詞が描かれている。その上で、世界が変わったという描写にすると、世界の変化がリアリティを帯びる、という効果を当然意識しているのだろう。

もっとも、映画版『涼宮ハルヒの消失』では、テレビアニメ版との異同がないように、テレビと共通して出てくる場所は、ちゃんとテレビ版のままになっている。

2）『ノルウェイの森』の場合

小説『ノルウェイの森』と、映画版『ノルウェイの森』の中にでてくる阪神間の場所でいうと、ワタナベとキズキが通っていた高校のロケ地や、直子が入る療養所のロケ地など、ほとんど小説のままの場所はないといってもいいだろう。

それは、むしろ当然のことで、小説で描かれた60年代末の阪神間を思わせる場所は、今の阪神間にはむしろ少ないのだ。

また、療養所の場所も、今の京都の山奥では、やはり映画として意図したイメージと異なってしまうのだろう。

だから、東京の場面では、60年代末の東京の雰囲気をうまく醸し出していたが、映画版の阪神間の場面は、やはり当時の阪神間にはみえないのだ。

そのあたり、監督の感覚が、特に阪神間にこだわらなかったということだろう。ノスタルジックな風景ならどこでもよかったのかもしれない。

3）『風の歌を聴け』の場合

そう考えると、映画に描かれた村上作品で、阪神間が映像に記録されているのは『風の歌を聴け』だけかもしれない。

そして、この小説は、基本的に海外向けに翻訳出版されていないので、海外の愛読者にとって、村上春樹の小説と、映画を比較して、阪神間の風景を見比べることは、事実上できないともいえる。

そこで、小説版『風の歌を聴け』と、映画版の風景についてみてみると、これは間違いなく、小説に描かれた当時の風景を、映画版では巧み

『ノルウェイの森』の阪神間における舞台の一つといわれる西宮回生病院。

に再現しているといえる。それは、監督自身が阪神間出身だということも大きいだろう。地元の空気感というものを、的確に描き出すことに成功している。

（２）『ハルヒ』のモデルとなった土地のこと（インタビューによる補足）

次に、『ハルヒ』シリーズで描かれた阪神間の土地のことだが、すでに聖地巡礼の成果がネット上でたくさん発表されていて、その作品舞台はほぼ特定されている。また、アニメ版『ハルヒ』に関しては、制作会社の京都アニメーションがメイキング映像をDVDなどで出しており、現地ロケの映像もみることができる。

以上を承知の上で、筆者は、作者谷川流とかつて近い位置にいた知人を通じて、作者が想定したであろう土地の風景や、作者が通っていた当時の学校、町の様子などの調査を試みることができた。

以下に、その調査の結果をまとめてみる。

１）ハルヒの出身について

「東中学出身、涼宮ハルヒ」の本当の出身は西宮市立大社中学校？という質問への回答。

物語の中の涼宮ハルヒは、現実世界での西宮市立大社中学校出身という設定だろうと思われる。

アニメ版『ハルヒ』で描かれた校庭落書き事件のロケ地は、みたところ、西宮市立上ヶ原中学のグラウンドと、大社中学の北門のようだ。

谷川は上ヶ原中出身だから、もしもキョンのモデルが作者自身だとすれば、ハルヒはそれ以外の中学の出身ということになる。当時の県立西宮北高分校区は市立上ヶ原中、大社中、平木中、苦楽園中の卒業生で占められていた。キョンと同じ方向に帰るなら、上ヶ原中以外なら大社中、平木中の出身者ということになるので、ハルヒが大社中学校の出身である可能性は大いにある。

もしそうなら、前述のように、涼宮ハルヒは小松左京が住んでいたところのの近所で育ったことになり、日本SFの巨人と、涼宮ハルヒが思わぬところでつながる、ということになる。

2）甲山について

鶴屋山は甲山？という質問への回答。

甲山は、西宮市の小学校低学年の定番遠足地で、必ず行く場所なので、まず間違いないだろう。

ちなみに、高校生だった当時、阪神バス目神山停留所前に「つるや」という古い料亭があった。バブル初期のころに古い建物を改装し、ビルに建て替えられたのだが、料亭が店じまいしてからも、しばらくそのビルが廃屋として残されていた。跡地はマンションになっている。

3）甲子園球場について

西宮市の子どもは、小学6年と中学のとき、年に一度、合同の運動会で甲子園球場に集まる。だから、涼宮ハルヒもキョンも、同じ時期に、甲子園球場に行ったことがあるはずだ。

4）西宮北高について

実際の北高の制服は当時も今も、男子は詰め襟の学生服、女子は明るい紺色のブレザーにタックスカート、赤に近いえんじ色のネクタイで、アニメの制服とは異なる。

5）図書館のモデルについて

谷川流のよく行っていた図書館は不明だが、高校生のころはまだ阪急西北駅前のアクタの図書館はなく、香櫨園にある中央図書館だけだった。もし谷川が少年のころ、よく図書館に通ったとしたら、山手からかなりの距離を往復したことになる。

6）ロケ場所についての真偽

アニメでも原作でも、キョンたちはよく自転車や徒歩で移動しているが、実際にはすぐに行ける距離ではない。

たとえば、ハルヒたちSOS団は、阪急神戸線の西北駅前によく集合し

『涼宮ハルヒ』の中で描かれた西宮市立中央図書館は、村上春樹が育った場所に近い。

ているが、キョンの場合は、わざわざ自宅から山を下りて駅前まで行き、また上がって行くことになる。『涼宮ハルヒの溜息』での森林公園行きや、アニメ版「エンドレスエイト」での、苦楽園の市民プール行きは、距離的にそうとう無理がある。アニメ版「サムデイ・イン・ザ・レイン」の場合、北高から阪急甲陽線の甲陽園駅に行き、夙川駅で乗りかえて、さらにどこかで阪神電車に乗りかえて、尼崎駅まで行かなければならないことになる。アニメ版のロケ地である阪神尼崎駅近くの三和本通り商店街の電気店でストーブをもらってまた帰校するというのは、どうがんばっても半日仕事になる。そもそも、阪急沿線と阪神沿線が入り混じっていて、アニメ版での距離感は、非常に無理がある。これは、個々のロケ地の位置関係が、物語中ではデフォルメされているという、よくある例だといえる。

3. 失われた風景の意味

（１） 失われた風景の意味

　ここまで述べたように、村上春樹の作品の背景にある阪神間の風景と、『涼宮ハルヒ』の背景にある阪神間の風景が、両者の共通の地盤であり、作品群のもつ空気感をかもしだす源泉となっていることを、改めて確認してきた。その上で、"阪神間の生んだ村上作品と『ハルヒ』"という本書のテーマ、"ハルキとハルヒ"というキーワードについて、さらにつっこんで考えてみたい。

　実は、村上春樹と谷川流の二人に共通の土地である阪神間には、その裏に、"故郷喪失"というテーマが隠されているのである。つまり、村上春樹も、谷川流も、同じく阪神間という故郷を持ち、同時に、その故郷を喪失した体験を持っているのだ。

　村上春樹は、高校生まで阪神間で育ったが、大学進学のため上京した。その間、故郷の阪神間の海岸は、大きな変化に見舞われていた。いみじくも『羊をめぐる冒険』に描かれたように、久しぶりに帰郷したとき、すでに故郷の海は、消えていたのである。このように、芦屋の海岸埋立開発で故郷を失った村

『羊をめぐる冒険』で、「僕」が埋め立てられた海の跡をながめて嘆いた防波堤の名残。

上春樹は、その後、阪神・淡路大震災によって、芦屋の実家も損壊し、二重に故郷を失うはめになる。

　一方、谷川流は、阪神淡路大震災で、自宅の損壊はまぬがれたようだが、幼いころから慣れ親しんだ故郷の風景は、震災と、その後の再開発によって一変した。そういう意味で、谷川は震災で故郷を失ったのだといえる。そのためだろうか、『涼宮ハルヒ』の中で、谷川は震災について全く触れていない。だから、『ハルヒ』の阪神間は、いわば、震災の来なかった世界なのだ、と考えることができるのだ。

　"ハルキとハルヒ"という、二人の故郷喪失者は、失われた故郷について、作品の中でどういう思いを語るだろうか。村上春樹も、谷川流も、なぜ作品の舞台を故郷に設定したのか？　なぜ失われた風景を描くのか？

　おそらく、失われた故郷の現在の風景をあえて描こうとしたとき、どうしようもなく違和感があったからではなかろうか。村上春樹の場合は、その違和感を、『海辺のカフカ』の中の、神戸の描写にみてとることができる。また、谷川流の場合は、そもそも、世界を改変（再創造）してしまったハルヒ、という物語を語るところに、そのいいしれぬ思いをかいま見ることができるのだ。

　『涼宮ハルヒ』は谷川流が高校時代の先輩のことをモデルにして書いた、という趣旨の、『涼宮ハルヒの消失』のあとがきがある。

　　高校時代、僕は一瞬だけ文芸部に所属していた。メインの部活動が他にあったので足を向けるのは一週間に一度もあればいいほうだったが、もともと週一でしか開いていなかった。部員が一学年上の女子生徒一人だけだったからである。僕が初めて門を叩いたとき、眼鏡をかけた理知的な顔つきの彼女が唯一の部員で部長で先輩だった。その先輩と当時の僕が何を話したのか、何か話すことがあったのか、全然覚えていない。（中略）

その先輩の名前を思い出すことができない。きっと先輩も僕の名前を覚えていない。だけどあの時そこに誰かがいたことは彼女も覚えているんじゃないかと思う。僕がそうであるように。
（谷川流　『涼宮ハルヒの消失』あとがき　角川スニーカー文庫　2004年　pp.253-254.）

　ここで、谷川流の故郷への秘めた思いを、多少なりとも想像してみるため、北高在学当時の谷川の知人に訊いたエピソードを参照してみたい。
　このあとがきの記述の裏付けとなるかもしれない談話を、筆者は、知人を通じて得ることができた。作者、谷川流が在籍した同じ時期に、近い位置で高校生活を過ごした人が、偶然、知人の中にいたのだ。これはまったく僥倖としかいいようがない。その知人経由で、当時の谷川流を知る複数の人にインタビューすることができ、高校時代の資料も目にすることができた。

（2）インタビューによる補足
1）北高時代の知人からみた当時の谷川流について
　谷川は自宅から北高まで徒歩通学していた。アニメで描かれるあの歩道橋は、谷川の小学生当時、通学路だった。
　高校1年時、谷川はSF的な小説を文芸部の冊子に書いた。確か、宇宙船の中の話で、とても文章がしっかりしていた。描写も細かく、「宇宙船のドアがあくと空気が抜ける音がした」などのリアルな描き方に感心した。文化祭のときの文芸部冊子は、渡り廊下のロッカー上に置いて無料配布していた。
　谷川は、中学生のとき工作部だったはずで、そこの顧問がちょっと変わった先生だった。気球を飛ばしたりしていた記憶がある。
2）谷川流の震災体験について
　谷川が、どこでどんな震災体験をしたかは、わからない。
　ただ、阪神・淡路大震災のとき、谷川の自宅周辺は、家屋の倒壊をまぬがれた家が比較的多い地域だった。近所の小中学校も避難所だったのを覚えている。谷川の実家も、現在、昔のまま建っている。

3) 谷川流と村上春樹の関連について

谷川が高校在学中に村上春樹を読んでいたかどうかはわからない。ただ、文芸部の文集の発表では、SFを書いていたのを覚えている。

4) ハルヒの名前の由来について

当時の北高に、ハルヒの名のモデルになったかもしれない女子生徒が在学していたのだが、彼女自身は、谷川のことをほとんど覚えていない。だから、谷川が当時、ハルヒという名前を知ってたかどうかはわからない。

アニメ版『涼宮ハルヒ』でキョンと古泉が語り合った歩道橋は、作者の育った地域にある。

5) 当時の北高の校風について

出身中学ごとにかたまる傾向があり、全体がまとまらずに、なんとなく冷めた雰囲気だった。苦楽園からきた生徒は、基本的にハイソな感じで、ブランドものをよく持っていたのを覚えている。

キョンのいうところの、北高のライバル校は、おそらく甲山高校だろう。当時は北高の評判がよく、新設の甲山高の方がライバル視していた雰囲気だった。

通学時、甲陽園駅あたりに自転車を置くと、先生が見張っていて怒られた。通学バスも、甲山高校では認められていたが、そのバスに北高生は乗ってはいけなかった。

谷川の学年は、緑のジャージだった。

夏休み、1年生は、鳥取県東浜に臨海学校に行った。修学旅行は栂池にスキーだった。

生徒会も盛んで、当時、野球部に、のちの田口壮選手（元オリックスの選手）がいた。理数科も有名だった。

（3） ハルヒの世界には阪神・淡路大震災はこなかった

　これらの談話や資料に接して、筆者は、以下のような仮説を立て、その結論を考察した。
　つまり、「ハルヒの世界には阪神・淡路大震災はこなかった」という仮説と、「ハルヒは作者・谷川流が望んだ震災のなかった世界をもたらす女神であり、『ハルヒ』シリーズは谷川流の理想の世界を描く、個人的な小説である」という結論である。
　さらに、仮説を重ねると、「谷川流と村上春樹はどちらも故郷である阪神間を喪失した体験をもち、失われた風景を小説の中でよみがえらせることで、その喪失体験を昇華しようとしている」ということだ。
　それについての結論は、「春樹が『1Q84』で描いたのは、震災という大災厄（パラレルワールド）の発生と、原発事故による放射能汚染（リトルピープルの侵略）を乗り切って元の世界に帰ろうと戦う男女の物語」であり、「谷川流が『涼宮ハルヒの驚愕』で描いたのは、阪神・淡路大震災によって破壊された故郷、東日本大震災というさらなる大災厄で喪われた人びとの魂を鎮める鎮魂の物語」であるということだ。
　そう考えると、『涼宮ハルヒ』の中で、重要な意味付けを与えられた文芸部室の意味が、みえてくるのである。実際には、すでに取り壊されていた母校の文芸部室は、二度と戻ることのない青春の象徴ではあるまいか。
　そう考えると、映画『涼宮ハルヒの消失』の中で、大人版朝比奈さんが言った「この高校生活を懐かしむときがきます」というセリフが、この上なく重い意味をもって蘇ってくるのだ。
　さて、本書の冒頭で、"震災前の『1Q84』"と、"震災後の『涼宮ハルヒの驚愕』"というキーワードを提示した。
　本章の最後に、ここであらためて、『1Q84』と『涼宮ハルヒの驚愕』の比較を試みてみよう。その対比を通じて、"二人の故郷喪失者"ハルキとハルヒの秘めた思いを読み解こうと思う。

4.『涼宮ハルヒの驚愕』と『1Q84』の比較〜佐々木と青豆〜

(1) 佐々木の場合

　『1Q84』と『涼宮ハルヒの驚愕』とは、ともに震災後の世界を日常に回帰させる作品である。

　『涼宮ハルヒの驚愕』以後、もし佐々木がずっと登場するなら、キョンにとっては、永遠の青春物語から脱出して、現実世界の恋愛を生きることができるかもしれない。佐々木という存在は、ハルヒや長門の宇宙とは、別の宇宙を創造する力をもつ。それは、小説的な比喩だが、文字通り、別の宇宙、すなわち、ハルヒや長門が力を失うような現実世界を創造できる力でもある。

　佐々木の理性的な人間像は、小説の中で生き生きと躍動はするが、あくまで理性的な性格が幸いして、あるいは災いしてともいえるが、ファンタジーの世界を容認しない。キョンも、その本質は理性的であり、ファンタジーに憧れながらも、実際には現実世界を求める。それは、閉鎖空間で、ハルヒと残るのではなく、現実への脱出を望んだことからも明らかだ。

　つまり、もしハルヒと長門、そして佐々木が並べば、キョンは同類である佐々木に結びつくことになる。ましてや、佐々木にはそのパワーがあるのだから、なおさらである。ハルヒのように、世界を作りかえたり壊したりするのではなく、理性的に世界をコントロールできる佐々木に、キョンは安心して身をまかせるだろう。いつも妹に振り回されているキョンは、姉のような佐々木に、守ってもらいたい欲求が満たされ、自身も安定を得ることになる。

　そういう可能性がある以上、佐々木はあくまでゲストキャラであり、ハルヒの創造した世界からは排除され、姿を消すことになるだろう。

　谷川流は、佐々木というキャラクターを登場させることで、はじめて涼宮ハルヒのもつ世界を作りかえる力を超えるパワーを小説中に登場させた。佐々木は、あらゆる意味で、ハルヒに代わってヒロインになりうる資格がある。

　キョンにとっては、もっとも心を許せる女子で、しかもハルヒの力を上回るパワーをもち、その気になれば、世界を意のままにできる。つまり、佐々木は

キョンを手に入れるためにハルヒを世界から排除することもできるのだ。

　けれど、作者は、それゆえに佐々木を作中から退ける。佐々木の存在がキョンにとって、あまりに理想的すぎるからだ。むしろ、佐々木の不在こそ、キョンにとって、ハルヒの存在を唯一無二の相手だと感じさせるだろう。理想的な相手の出現と、消失。その喪失体験が、相手への思いに気づくきっかけとなる。このパターンは、すでに『涼宮ハルヒの消失』で踏襲されている。

　『涼宮ハルヒの分裂』から『涼宮ハルヒの驚愕』にいたる、キョンの分裂とは、ハルヒのいる世界といない世界との分裂（『涼宮ハルヒの消失』でのパターン）と同じく、佐々木のいる世界と、佐々木がいなくなる世界、の分裂だったのだ。だからこそ、再統合されたキョンの世界からは、佐々木は去ってゆくことになる。

　佐々木は、望むならキョンが再統合される前に、キョンを奪ってハルヒを消すこともできただろう。しかし、そうはしなかった。いや、できなかったのかもしれない。

　ハルヒを消すことは、すなわちキョンの望む日常を消すことになる。そのことで、キョンは悲しむだろう。理性的に醒めている佐々木は、キョンの感情の動きを常に敏感にフォローしてきた。だから、キョンが心から望んでいるのがハルヒとの日常だということも、気づいただろう。キョン自身も、『涼宮ハルヒの消失』以来、そのことに自覚的だ。

　ハルヒが、佐々木を退けてキョンの世界を自分の方に引き寄せた、ということもありうるが、それでは、佐々木の登場した意味が、限りなく無意味に近くなる。つまり、ハルヒにとっての単なる障害という位置づけなら、偽SOS団の藤原や周防、橘たちだけで十分だからだ。この偽SOS団の存在感は、佐々木の前にはまったく影がうすい。

　佐々木は、ハルヒに対抗しうる唯一の存在であり、それどころか、キョンの再統合の直前まで、明らかにハルヒよりもリードしていた。けれど、あえて佐々木は身を退く。

　なぜか？　キョンがハルヒをすでに選んでいることに気づいていたからだ。世界を無理矢理改変して、佐々木は自分の欲望を満たすこともできたはずだ。

しかし、そうしなかったのは、作者が『ハルヒ』という作品にこめた、一種の矜持だ。
　作者は、世界を無理矢理変えてしまうような、暴力的な力の発動を望まない。滅亡と再生などより、面白い日常がまったりと続くことを願う。その明確なメッセージは、実は3.11後の世界に向けて発信されている。作者は、破滅と再生ではなく、震災以前の日常への回帰を望む作品を、3.11後の世界に向けて、無意識のうちに準備していたということだ。
　このことは、第1作『涼宮ハルヒの憂鬱』という小説が、阪神・淡路大震災への痛切な思いから生まれたことと符合する。作者は、かつて、平和な故郷を奪った震災を、ハルヒの力によって、物語の中では、なかったことにしてしまった。今度もまた、日本を襲った震災を、再びなかったことにしたいのだ。
　そのためには、ハルヒの力を上回るパワーが必要だった。ハルヒの作りかえた世界が、さらなる災厄に見舞われるとしたら、その滅亡を回避して、元の日常を守るためには、ハルヒ以上のパワーをもち、主人公のために身をつくすヒロインが不可欠だったのだ。
　かくして、佐々木は、ハルヒの創った世界を守り、ひいてはキョンの願いをかなえて、自らは去って行く。なぜなら、ハルヒとキョンの世界には、佐々木の居場所はないからだ。
　ハルヒは、佐々木の存在に明らかな不安を覚えている。それは、佐々木の存在が、キョンとの平和な日常を奪いさる可能性をもっているからだ。佐々木は、小学校のとき同じ学年にいたハルヒをみていたが、ハルヒは佐々木を覚えていなかった。つまり、最初から佐々木は優位にあり、ハルヒの運命をも握っていたのだ。

（2）青豆の場合

　『涼宮ハルヒの驚愕』の佐々木が、自己犠牲を実践してみせたことは、実は、『1Q84』の青豆の自殺と符合する。青豆が天吾のために自殺する（しようとする）ように、佐々木も、キョンのためにあえて身を退く。
　『1Q84』BOOK2の終わりで、青豆が天吾を救うために自殺を試みる場面は、

BOOK3にいたって、未遂に終わるのだが、実はBOOK2と3の間には明らかな構想の断絶がある。つまり、BOOK2のラストで、1Q84-aの世界は青豆とともに終わり、BOOK3は、1Q84-bとでもよぶべき、もう一つの並行世界に移ったのだともいえる。

なぜなら、BOOK3では、語りの視点が天吾と青豆から離れて、完全に三人称になっており、さらに三人目の主人公としての探偵役が導入されている。この探偵役は、前2巻にも出てくるが、明らかにBOOK3での彼は、別人格の持ち主となっている。

別人格といえば、BOOK3での青豆は、すでに胎内に天吾との赤ん坊を宿しており、身体的変化に応じるように、その人格も母性へと移行している。

また、天吾も、BOOK3では父親との相克を和解に導くことを主眼に行動していて、その姿は、まるで、実の父親を亡くしたばかりの作者自身の生き様をなぞっているようにも思える。

人格の変化といえば、BOOK3で主要な役割を果たすタマルもまた、青豆と共同戦線をはっていた頃と比べて、まるで別人のようにハードボイルドになってしまっている。

そして、BOOK2まで重要な役割を担っていたふかえりは、3ではすでに脇役に退き、やがてストーリーから消えてしまう。はたして、作者が意図的にそうしたのかどうかは定かではないが、小説『1Q84』は、BOOK1、2までの構想と、BOOK3の構想が、大きく変化したようにみえるのである。

そのことは、『涼宮ハルヒの分裂』で長く中断していたのち、『涼宮ハルヒの驚愕』で、当初の構想がおそらくは変化したことと、偶然ながら符合している。

（3） 愛の自己犠牲による救済

『1Q84』と、『涼宮ハルヒの分裂』『驚愕』とは、奇妙なまでに似ているのだ。

どちらも、主人公の世界が分裂し、その中で主人公たちの人格が変化していく。どちらも、途中で構想に変化がみられ、まるでみえない力に導かれたかの

ように、主人公たちの行動は、他者を救う行為に傾斜していく。
　『1Q84』では、青豆の殺人による教祖の救済、青豆の自殺による天吾の救済、天吾の介護による父親の救済、牛河の死による青豆の救済、タマルによる老婦人の守護、そしてふかえりの失踪によるリトルピープルたちの救済、と枚挙にいとまがない。
　『涼宮ハルヒの分裂』『涼宮ハルヒの驚愕』では、キョンによるハルヒの救済、佐々木によるキョンの救済、長門による世界の救済、といくらも例を挙げられる。藤原の行動は朝比奈さんを救うためだし、ハルヒの無意識によって出現した渡橋の行動はキョンを救うためだし、主要人物たちはみな、他者を救うために奔走するのだ。
　愛の自己犠牲による救済、それが『涼宮ハルヒの驚愕』と『1Q84』を結ぶ共通のテーマであり、それは奇しくも、3.11の前後をつなぐ、強烈なメッセージを形成している。もちろん、作家の深層意識が無意識のうちに洞察した結果、二つの作品がシンクロしたのだろう。だが、3.11をはさんで、『1Q84』と、『涼宮ハルヒの驚愕』が、まるで双子のように登場し、どちらもミリオンセラーとなったことは、偶然ではない。日本の読者たちは、そういう物語を無意識に欲したのだ。千年に一度とまでいわれる大災厄に見舞われた自身を救済してくれる物語を、切実に欲したのだ。
　そういう作品のエッセンスは、翻訳されてもちゃんと伝わるものらしい。この2作は、どちらも海外でも熱狂的に愛読されている点で、共通している。
　もっとも、ここでどちらの作者も、これまた共通する課題を背負っているのが面白い。つまり、『1Q84』のように物語をどこまでも展開させていく以上、作者には、安易な大団円で終らせることが不可能だというプレッシャーがのしかかるのだ。
　ドストエフスキーを目指すという村上作品は、必然的に、『カラマーゾフ』のような、オープンエンドというべき、未完の大作を志向する。『1Q84』がそうなるかどうかはわからないが、BOOK3の大団円は、『カラマーゾフの兄弟』第1部のラストのような、仮の結末であるようにみえる。
　主人公たちの置かれた情況は、まだこれからどちらにもころぶ可能性が示唆

されているし、別の作品として書き継がれるとしても、放置されたままの和解と救済のモチーフは、さらに追究されていくだろう。

『涼宮ハルヒの驚愕』の場合も、同じだ。ここにきて、シリーズの展開は、振り出しに戻ったといえるからだ。

キョンとハルヒの関係は、互いの思いをようやく意識したようにみえて、またお互い、距離を保ったもとの日常に戻ってしまう。これは、『涼宮ハルヒの憂鬱』の閉鎖空間からの帰還と符合している。佐々木という最大の変数を失って、キョンはまた、ハルヒとの他愛ない日常を享受するだろう。

けれど、物語は、そこで終わることを許されない。というのも、作者自身が、『涼宮ハルヒの驚愕』の中で、キョンとハルヒの幸せそうな未来の生活を予告してしまったからだ。それは、実現されなければならないが、一方、物語自身の要請として、さらなる波乱が準備されてもいるのだ。このまま、大団円、というわけにはいかない。

決定的なのは、キョン自身が主人公としての立ち位置を、行動で示してしまっていることだ。『涼宮ハルヒの憂鬱』では、閉鎖空間という、文字通り夢の中でのハルヒの救済で済んだが、『涼宮ハルヒの消失』では、別次元でのこととはいえ、キョンは自らの身を、これまた文字通り切らせて、世界を救うという行動に踏み切っている。さらに、『涼宮ハルヒの驚愕』では、またしても文字通り身を躍らせてハルヒを救うのだ。キョンは、その優柔不断をかなぐりすてて、愛する者たちを救うことで、すでに行動する主人公という人格を得てしまった。

だから、いわば『カラマーゾフ』での優柔不断な主人公アリョーシャが、第２部において行動する主人公に変貌することが予定されていたように、キョンもまた、『ハルヒ』シリーズが続く限り、行動を求められることが決定しているのだ。それが

『涼宮ハルヒの驚愕』の中で、未来のハルヒは、関西学院大学に進学しているらしい。

どのような行動であれ、キョンはハルヒを選んだからには、否応なく、宇宙的なスケールをもった物語の中で生きていくことにある。

　青豆と天吾と、うまれてくる子どもも、1Q84 世界から脱出したあと、元の平穏な世界に戻ったわけではなさそうだ。そこは、1Q84 世界よりもさらに混迷と暴力にみちた世界かもしれない。

　そこから先を物語ることは、3.11 後の世界を生きる人びとの、無意識の要請に応じることなのだ。いずれの作者も、きわめて重いプレッシャーを担っているといえる。しかし、それは作者自身の心の深奥から、やむにやまれぬ想いが突き動かす物語でもあるはずだ。

　春樹の場合は、それは亡き父との和解かもしれないし、谷川の場合は、幸福だった学生時代へのオマージュかもしれない。高校時代の先輩のことをモデルにして書いた、という『涼宮ハルヒの消失』のあとがきが本音であるとすれば、『ハルヒ』の物語は、作者自身を救済するために書かれたともいえるのだ。

第9章

ハルヒとハルキ論
〜まとめ〜

1. ハルヒとハルキ論〜まとめ〜

(1) 映画『涼宮ハルヒの消失』について
　映画『涼宮ハルヒの消失』は、アニメ史上に残る名作となるだろう。
　テレビアニメ版の『涼宮ハルヒ』は、第2期で「エンドレスエイト」という愚策をやってしまったために、失敗した実験作という印象をぬぐえないことが、アニメ版全体のイメージダウンを招いている。第3期がなかなか作られないのは、「エンドレスエイト」の失敗に原因があるとみても間違いないだろう。
　また、谷川流の原作自体が、『涼宮ハルヒの分裂』以来中断していたことも、アニメ化の続きの停滞を招いたかもしれない。
　とりあえず、『涼宮ハルヒの驚愕』が出たことで、原作の続きの目処はたったわけだが、いまさらテレビアニメ化が続行されるかどうか、保証はない。
　そういうわけで、たとえ原作が未完に終わっても、アニメ版が2期までで終わったとしても、『涼宮ハルヒの消失』を映画にしたことで、『涼宮ハルヒ』という作品の名は、長く残るに違いない。
　映画『涼宮ハルヒの消失』は、予備知識なしにみても、よくできた映画だった。
　長門が文芸部室で読んでいた『世界の終りとハードボイルド・ワンダーラン

ド』にしても、いきなり、キョンの「やれやれ」という独白が入るところも、村上春樹作品との親近性が、ハルキストにとって面白く感じられた。
　エンドクレジットのあとの図書館シーンで、意味ありげな終わり方をしてみせるところや、キョンの自問自答シーンでの、『エヴァンゲリオン』もどきの文字画面や自動改札の演出など、いささかあざとすぎる面は鼻につくが、オマージュと引用、パロディを効果的につかった、すぐれて重層的なハイブリッド作品になっている。
　なにより、完璧に描かれた高校の日常生活の描写は、出色だ。女子高生がはいているスカートの下のジャージまで忠実に再現し、ところどころ実写を交えた風景描写は、見事に、阪神間の日常の光景を感じさせてくれた。
　逆説的だが、日常描写が完璧に仕上げられていたからこそ、時空改変という非日常へのスリップが、リアルに感じられたのだ。
　映画の終わりの方で、大人版朝比奈さんが言う、「この高校生活を懐かしむときがきます」というセリフは、実は原作にはない。平凡なセリフだが、時空改変をリアルに味わったあとでは、しみじみと胸に迫るものがあった。
　つまり、あのセリフは、いかにも直球すぎて、クサくなるすれすれの言葉だが、非日常的な情況に追い込まれた主人公たちが、かけがえのない日常を懐かしむ思いを吐露する瞬間と重ね合わせてみれば、そこには作者が作品にこめた密かな過去への思いが透けてみえるのである。
　その思いとは、阪神・淡路大震災で故郷を失った谷川流の思いであり、開発と震災で二重に故郷を失った村上春樹へのシンパシーでもある。
　村上春樹と、谷川流という二人の故郷喪失者が、なぜ作品の舞台を故郷に設定したのか、なぜ失われた風景を描いたのか、その答えが、映画『涼宮ハルヒの消失』をみるとき、明らかになるのである。
　『ハルヒ』の世界には震災はなかったのだ。『ハルヒ』の世界は、谷川流の望んだであろう震災の来なかった世界なのだ。
　だから、『ハルヒ』の西宮は、ハルヒがそうあれ、と望んだ形に改変されて、そこにある。
　たとえば、夙川（祝川）は、西宮北口駅（北口駅）のそばに。

いつもの喫茶店は、待ち合わせの駅前ロータリーの向かいに。

本物の西宮北口にはないが、アニメの中では文化祭の映画撮影をする商店街があり、大きなスーパーもある。

鶴屋山は、本物の甲山より低くて、宝探しごっこにはもってこいの山だ。

そして、震災など来なかった『ハルヒ』の西宮、阪神間の架空の描写は、村上作品の中の、開発と震災で失われる以前の阪神間の空気感を、企まずして再現しているのである。

以上のことを、本書ではさまざまな傍証によって考え、裏付けとなる談話も紹介した。

（2）谷川流が『涼宮ハルヒ』シリーズに込めた思い

ここで、あらためて、作者谷川流が『涼宮ハルヒ』シリーズに込めたかもしれないひそかな思いを推定するエピソードを、いくつか追加しておこう。

1）現実の北高文芸部と『ハルヒ』のSOS団との共通点と相違点

〈共通点〉

谷川が入部した文芸部は部員が二人だけで、同じ部室で活動していた演劇部の方がにぎやかだった。むしろ演劇部の方が、SOS団のように放課後、みんなで集まって盛り上がったりゲームをしたりしていた。

北高校舎の教室の様子やグランドなどは、アニメに描かれたそのままだが、校舎の構造は、震災後に変わった。

文化祭では、軽音楽部の体育館でのライブが人気で、大勢聴きにいっていた。

〈相違点〉

文芸部は、SOS団のように放課後あちこち行くことはなかった。北高は谷川の家からも大変遠く、通学は大変だったはずだ。

アニメに描かれた木造の教室はなかった。当時の西宮北高には旧校舎はなく、震災以前とは下足室の場所が違うし、外階段もなかった。

当時、文芸部は演劇部の部室と同室で、校舎の出入り口の狭い空間に壁と扉をつけただけの簡単な小部屋だった。谷川が在学中、新しく渡り廊下が作られ

て、部室は立ち退きになった。そこで、文芸部は図書室のある校舎の一番上にある、階段の奥の部屋が部室になった。

　２）　珈琲屋ドリームについて
　西宮北口駅近くにある喫茶店、珈琲屋ドリームは、当時の高校生が入るには渋すぎる喫茶店だが、古くからあるので、存在は知っていた。

　３）　西宮北口駅前広場について
　北高在学中、文芸部で西宮北口駅前の広場で待ち合わせをした記憶はない。個人的にも、あの広場は待ち合わせ場所ではなかった。

　４）　作品のあとがきにみる谷川流の思い
　さらに、「ハルヒ」世界の成り立ちを読み解くためのヒントは、各作品のあとがきや、数少ないインタビューの談話にも、裏付けとなる発言が散見できることを指摘したい。以下、その例を紹介しておく。
　①　『涼宮ハルヒ』シリーズあとがきにみる谷川流のエピソード
　『涼宮ハルヒの溜息』あとがきによると、近所のコンビニが閉店してしまい、もよりのコンビニまで徒歩15分かかるようになったのが困ることや、コンビニまでの途中の池に渡り鳥がいることなどが語られている。
　『涼宮ハルヒの暴走』あとがきによると、ゲームはあまりやらない、とのことだ。『ハルヒ』の中でゲームが描写されていることを考えると、作者の創作過程は、虚実取り混ぜていることがうかがえる。
　『涼宮ハルヒの動揺』あとがきによると、アメフトは好きでよくみている、ということだ。これは、アメフトの盛んな関西学院大学出身ならではといえよう。
　『涼宮ハルヒの陰謀』あとがきによると、初夏がすきで、蛙とセミの声がすきだという。夏は夜中のコンビニに行きやすい季節だというのもあるらしい。
　『涼宮ハルヒの憤慨』あとがきによると、家の押し入れにしまってある段ボール箱いっぱいに、昔読んだ本が詰まっていて、その影響はさまざまに大きいという。寒がりで、前世は猫だろうともいう。猫好きだというのは、『ハルヒ』に出てくる猫「しゃみせん」の描写を思い出させる。アイデアのメモは、パソコンのデータに入れてあるが、なかなか探し出せないのが困りもので、タ

イトルにはいつも苦労する。たとえば、「彷徨える影」というタイトルを思いつき、そのままではなく、一度英訳して、「ワンダリングシャドウ」というタイトルにしたそうだ。『涼宮ハルヒの憂鬱』のタイトルは、あまり考えずに決めた、という。

② その他の作品のあとがきにみる谷川流のエピソード

『絶望系　閉じられた世界』あとがきによると、何年かまえ、田んぼと山しかみえない風光明媚な土地に住んでいた、とのこと。

『電撃イージス5』あとがきによると、隣の市の図書館にバイクで行くのだそうだ。学生時代のバイト仲間とのつきあいについても書いてある。

5）谷川流の談話

次に、谷川流のインタビュー記事をみてみたい。まずは、近作『涼宮ハルヒの驚愕』刊行後のインタビューである。

　作者・谷川流さんに聞く
　Ｑ　：ライトノベルならではの表現はどんなものがありますか。
　谷川：イラストが付くので容姿の描写を必要最小限にできる点と、イラストとの双方向的な柔軟さです。1巻の表紙でハルヒが『団長』の腕章を持っていますが、その描写は文中にありません。面白くて、その後に腕章ネタを書きました。
　Ｑ　：キャラクター作りで心がけていることは何ですか。
　谷川：思いつきか、無意識の設定が多いように思います。セリフや性格設定よりも、地の文で魅力的に描写するように気をつける傾向はあるかもしれません。（以下略）

（「ハルヒが写す「自画像」ライトノベル代表作の世界観」『朝日新聞』2011年6月2日）

次に、谷川流が『涼宮ハルヒの憂鬱』でデビューした当時のインタビューをみてみたい。こちらは、まだ初々しいというか、非常に率直に本音を語っているように思えて、興味深い。

　（前段省略）
　Ｑ　：以前は会社勤めをしていたということですが、どんなお仕事をしていたのですか？
　谷川：婦人服のチェーン店で、店長もどきみたいなことをしていました。ぜんぜんた

いしたことしていないんですけどね。

Q ：会社勤めをしながら、いろいろ書きためてたんですね。

谷川：特に「書きため」はしていなかったですけど、「考えだめ」はしていました。寝付きが悪いんで、夜寝るときに考えるんです、なんかこんな話みたいなことを。

Q ：時間もできたところで何かちゃんと書いてみようかと。

谷川：そうですね。でも、もともと何か書きたかったというのは昔からありました。高校時代にも何か書いていた気がします。友達とかには見せていたかな。評判？ 散々たるものだった気がするんだけどなぁ。だいたいちゃんと話が終わってなかったような。

Q ：その当時はどんなジャンルを書いていたのですか？

谷川：そのときも学園モノでした。どこか学園モノにノスタルジーがあるんですよね。（学校生活が）こんなんだったらよかったのになぁみたいな。（以下中略）

　このインタビューにみられる谷川流の小説観は、まさに、本書で述べてきた、失われた故郷へのノスタルジーである。過ぎ去った学園生活へのノスタルジーが執筆動機になっていることを、「（学校生活が）こんなんだったらよかったのになぁ」と素直に語っているのが、非常に興味深い。

Q ：子供のとき初めて読んだ本は何ですか？ これをきっかけに本を読み出したとか。

谷川：僕はミステリとSFがめちゃめちゃ好きなんですけど、きっかけというと、学校の図書室にあった、あかね書房の「少年少女世界推理文学全集」と「世界SF文学全集」です。それを何冊か読んで、これはおもしろいと。そこからずーっとミステリとSFですからねぇ。小学校の図書室なんか本の数が少ないので、ポプラ社から出ているような「ホームズ」とか「ルパン」とか読んじゃうと、もう読むものがなくなっちゃうんですよ。そうすると次は市立図書館に行って借り倒す感じ。週2日は行っていて、一週間で14冊くらい読んでいたのが最盛期。

Q ：それらの作品に限らず、特に尊敬している作家とか影響を受けた作品というのはありますか？

谷川：たぶん100冊読んだら、100冊から影響受けると思うんですけど…強いて言えば神林長平さんは絶対的にはずせないですよね。あと佐藤哲也さんにもすごく影響を受けました。あと朝松健さん。凄まじいインスパイアです。それから新井千裕さんなんかもめちゃめちゃ好きなんですよね。あとは小峰元さんか

なぁ。ほんとはあとこれに 100 人ぐらい続くんですけど、特に言って今思い浮かぶのは、この 5 名さまですかね。何もかも影響を受けたという人たちで、この人たちみたいんを書きたいなと思ったわけです。パクリって言われなければいいなぁと思ってますが（笑）。（以下中略）

　ここで語られている、谷川流の読書歴は、学校図書館や公共図書館で培われているあたりが村上春樹のものや、小松左京のものに重なる面があり、やはり阪神間という共通の土壌から生まれてきた作家なのだということを感じさせる。

Q　：「ハルヒ」の構想はどんなきっかけで？
谷川：なんかへんな女がいて、変なことをいきなりしゃべり出すとしたら、どうリアクションするかなぁ……というのが最初にあった気がします。キャラクターが先に生まれて、物語は後から考えた感じです。
Q　：読んでみるとキャラクター設定ですとか、主人公のセリフの言い回しなど、「読む側」の面白さを把握していて、確信的によく計算して書いているなぁという印象を受けたのですが。
谷川：そうなのかなぁ。ようするに自分の中にある読者像に語りかける感じだったのかもしれませんけど……、僕はもとからつっこみ人間なんですよ。そういうキャラが書きたかったんでしょう。そうしたら、やっぱりボケ役もいて欲しいなぁと。だから、主人公以外はたいていボケているわけです。
Q　：主人公の「俺」のモノの見方は谷川さんと近いものがあるのですか？
谷川：う～ん。それはたぶんまた違う話にはなるとは思うんですけど……ある意味、自分をカリカチュアした部分はあると思われます。あの世界が理想だと考えているのかも知れない。
Q　：それは「萌え系」の女の子が出てくるシチュエーションも含めてですか？
谷川：「萌え系」は別にいなくてもいいですけど、「ボケ役」はいて欲しいですね。僕はつっこみなんで、ボケ役がいてくれた方が助かるんですよ。（以下中略）

　ここで語られるハルヒ誕生秘話は、やはり興味深いものがある。特に、「なんかへんな女がいて変なことをいきなりしゃべり出すとしたら」というアイディアが先にあって、生まれたのが、ハルヒだというのは、実際のモデルの有無とは別に、キャラクター誕生のきっかけとして面白い。キャラクターが先に生まれたというあたり、いかにもライトノベルの成り立ちを思わせて、納得が

いくのだ。また、見逃せないのは、「あの世界が理想だと考えているのかも知れない」という一言だ。作者自身、『ハルヒ』の世界は、こうあってほしい世界だと認めていることになる。

> 谷川：最初に「涼宮ハルヒ」というキャラは極端にハイテンションにしようと思ってたのはあるんですけど、そしたらその逆でローテンションなキャラもいるだろうと思って「長門有希」を作って……だったら中間もいるだろうというような感じですね。
>
> Q：キャラクターを描くにあたって、今までの社会人の経験が役に立っているということはありますか？
>
> 谷川：う～んどうでしょうね。具体的な人物を想像してということはないんですけど、いろんなパターンの人を見ていると、この娘のこの部分はいいなぁとかはあるわけで……前の職場にはアルバイトの女の子がわんさかいて、見てて面白いやつばっかりだったから、それは非常に役に立ちました。(後段省略)
>
> (『ザ・スニーカー』2003 年 6 月号　スニーカー大賞大賞受賞者　谷川流インタビュー)

以上の部分に語られた、ハルヒのキャラ誕生のエピソードは、『ハルヒ』の世界の成り立ちを考える上で、見逃せない。特に、アパレルの仕事をしていたときの、アルバイトの女性たちの姿が、『ハルヒ』ワールドの女の子たちの原型になっているらしいことは、『ハルヒ』のキャラたちの醸し出すリアリティの確かさを裏付けしているといえる。

(3) ハルヒとハルキ

以上、みてきたように、谷川流の望む世界の根本には、ノスタルジーがあるといえる。

そこには、幼いころ親しんだ自然があり、青春期を過ごした魅力的な街があり、かつて、高校生活という他愛ない日常をともに過ごした友人たちがいる。そこでは、日常の中に、微妙なスパイスとなる非日常的な出来事の気配が感じられるが、その事件はあくまで本格的に発生はせず、適度にわくわくさせる程度で解決する。その非日常体験の中で、自身と理想の異性との仲を進展させ、互いの心にそっとふれあう時間を味わえる。けれど、その相手との関係は、どこまでもつかず離れず、絶妙な距離感を保って、相手の心に踏み込みすぎるこ

とはない。

　ここにあるのは、きわめて80年代的、バブル時代的に洗練された、それでいて懐かしい郷愁を誘う、上質のメランコリックなファンタジーだといえる。谷川流の描く世界には、あくまでも人びとが互いにそれぞれの人格を尊重し合い、踏み込み過ぎず、適度な距離感を保って、さりげなく支え合うような、心地よい空気感がある。だから、『涼宮ハルヒの驚愕』で未来人・藤原が、自分の身勝手な欲望をかなえるために、時間全体を改変しようとする、強烈に自己中心的な行動は、元のままの穏やかな日常を望む主人公たちによって否定され、『ハルヒ』の世界は再び回復される。

　藤原以上に世界を変えてしまえる力を秘めた佐々木も、その可能性を自覚しながらも、キョンとの心地よい関係をあえて壊すことはせず、キョンがハルヒを選んでいることを黙認し、自身の欲望を封印し、日常を守って身をひく。

　佐々木が見守る『ハルヒ』の世界は、おそらくは佐々木自身がハルヒの代わりに体験したかった日常だろう。けれど、佐々木はキョンとあえて距離を置いて、親友というスタンスを守る。それは、佐々木がキョンとの大切な思い出を壊したくないからだ。ハルヒのようにキョンとつかずはなれず行動することで、ハルヒはキョンを手に入れるかもしれないが、反面、『ハルヒ』の世界は常に破壊と背中合わせになっている。ハルヒがキョンもろとも世界を破壊せずにすんでいるのは、キョンがハルヒを無条件に信じているからだが、佐々木は、無条件に信じるには理性が勝ちすぎていて、常に懐疑と検証を繰り返すところに精神のバランスを保っている。

　佐々木は、キョンを無条件に信じようとする自分を、自ら疑い、検証しているが、キョンの方も、同じく佐々木を信じつつも、常に揺れ動いている。佐々木は、キョンと同質すぎる自分を自覚しているので、キョンの身近にずっといることで日常に飽きてしまうことも予想している。キョンを決して飽きさせないハルヒとは、完全に逆の存在である佐々木は、自分がキョンの側にずっといることがキョンにとってむしろ倦怠をもたらし、活力を奪うことを知っている。だから佐々木は、キョンのためにも自分のためにも、適度な距離を保つことで、共に過ごした宝物のような時間の記憶を守り、自分とキョンの二人だけ

の故郷、ノスタルジーを永遠に色あせないように守っている。

　佐々木は、村上春樹の『世界の終りとハードボイルド・ワンダーランド』にでてくる、図書館の女をほうふつとさせる。主人公にとってもっとも大切な記憶を守り、主人公を導く女性である。

　けれど、主人公が望む生活は、他愛ない日常に、微妙な非現実のスパイスの効いた、退屈しない生活なのだ。

　『世界の終りとハードボイルド・ワンダーランド』では、主人公は「ハードボイルド・ワンダーランド」に戻ることなく、「世界の終り」の森にとどまったが、谷川流の場合は、キョンは「世界の終り」的な場所を去って現実に戻っていく。

　『涼宮ハルヒの消失』でも、長門の望んだ穏やかな世界を去って、『ハルヒ』の世界に戻った。同じように、『涼宮ハルヒの驚愕』でも、佐々木の世界を去ってハルヒとの日常に回帰するのだ。

　佐々木は、キョンの望みを知りすぎているがゆえに、自ら身をひいて、親友として彼を見守る。佐々木は、『1Q84』の青豆が自殺することで天吾を、ひいては天吾との大切な思い出を守ろうとしたように、おそらくは『ハルヒ』の世界から永遠に姿を消すだろう。

　あるいは、この先、物語の要請によって、再登場するかもしれないが。ちょうど『1Q84』のBOOK3が、青豆の自殺を未遂にしてしまったように。

　もちろん、青豆が自殺しなかったBOOK3の世界は、BOOK1、2とは別のパラレルワールドだという可能性もある。同じように、『ハルヒ』の世界が再び改変されて、佐々木のいる世界にリンクする可能性も否定はできない。物語が求めれば、作者は、否応なく、物語の要請するエピソードを語ることになるのだ。

2. 震災後の今、日本が必要としている物語とはなにか？

　ところで、3.11後、アニメやマンガといったサブカルを扱う言説について、両極端な考察がある。震災後、サブカル批評は意味を失った、とする東浩紀の意見と、震災後、サブカル批評はますます重要な役割を果たす、という宇野常寛の意見である。それぞれの意見については、東の『思想地図』誌と、宇野の『リトルピープルの時代』で読むことができる。

　その議論には、この際、踏み込まないが、少なくとも、村上春樹の作品への批判を熱く論じた宇野の『リトル・ピープルの時代』は、村上作品の愛読者にとっては見逃せないだろう。

　しかしながら、私のみたところ、宇野の春樹論は、ためにする論考でしかないように思える。『1Q84』をどう読むか、よりも、『1Q84』を使ってどう自分の論を組み立てるか、が目的なのだと考えられるのだ。だから、村上春樹の読者は、宇野の意見について、それはそれとして参考にみておく程度でよいと思う。

　小説『1Q84』は、宇野の論を、その一つの読み方として許容し、包み込むぐらい、許容量が大きいからだ。宇野の論がなくても、『1Q84』は楽しめる。村上春樹は物語の、小説の力を確信している。宇野の論は消えても、村上作品の物語は残るだろう。

　そう考えると、おそらくは東も、自分の物語が生き残ることを確信して、小説『クォンタム・ファミリーズ』を書いたのではないだろうか。

　小説と批評の関係は、相互補完であり、また同時に切磋琢磨する関係でもある。だが、日本では、批評の力より、明らかに物語の力の方が大きいし、今こそ日本人には、物語が求められていることは、否定できないだろう。

　その物語が、『1Q84』であり、『涼宮ハルヒ』だったのだ、という考えを、本書では述べてきた。

　ところで、震災後、本当に、終わりなき日常を描くサブカル作品は意味を失ったのだろうか？

3.11直後、テレビ東京系がアニメを放映したことについて、当時、クレームやネット上の掲示板での批判が相次いだという。津波、放射能描写の自粛については、いうまでもなく、「不謹慎」という言葉がはやるぐらい、震災被害者を慮るための自粛のプレッシャーが日本中を覆った。
　だが、大きな災害や戦乱のあと、小説や映画などの物語にもとめられるのは、喪の作業である。9.11にしてもそうだったが、今後10年は、悲劇を物語るための10年となるだろう。
　今回の津波被害に配慮して、ジブリアニメ『崖の上のポニョ』が放送を自粛しているようなうわさだが、ジブリアニメのここ数年の変化には、時代の変遷が如実にあらわれているように思う。
　つまり、『崖の上のポニョ』から『借りぐらしのアリエッティ』へ、さらに『コクリコ坂から』へ、というのは、はっきりとノスタルジー賛美路線に変化している。
　『借りぐらしのアリエッティ』は、児童文学の名作の形を借りて、滅びゆく種族の哀しみを描く作品だし、『コクリコ坂から』にいたっては、映画『ALWAYS 三丁目の夕陽』のように、昭和ノスタルジーを賛美する作品である。
　一方、3.11後、放映された新作アニメや新作映画に目を向けると、なにか、制作側がまだ路線の選び方を迷っているような印象を受けた。
　中でも、顕著なのが、制作側が非常に力を入れたはずの2作品、アニメ『日常』への低い評価と、『ダンタリアンの書架』の失速であろう。
　並行して、日常描写が主である少女漫画のあいつぐアニメ化があり、また、『けいおん！』ブームの変わらぬ盛り上がりがある。これらは、震災後、やはり日常描写の中に浸って現実逃避したいという気分の表れだろう。

3. 日常が断ち切られたからこそ、過去へのノスタルジーが求められる

『1Q84』を虚心坦懐に読むと、そこにある物語は、古代神話が語り部によって語り継がれたように、太古から受け継がれた古い記憶を、新しい物語として、それもライトノベル的なエンターテイメントすれすれの『カラマーゾフ』的な総合小説として語り継ごうとしているようにみえてくる。

つまり、リトルピープルのすむ世界は、読者のいる現実とは壁一枚へだてた別の世界であり、この世界とよく似ているが、さらに暴力的で、むしろ歴史上のロマンチックな世界に近い印象を受ける。そこでは、騎士道精神がまだ健在で、男女の、あるいは親子の愛が人生を左右したり、秘密組織が暗躍したりしている。

その暴力的、ロマンチックな冒険世界は、かつてハードボイルド・ワンダーランドとして書かれた世界に似ているが、そこにいた闇の支配者やみくろと違って、リトルピープルははるかに力がある。

彼らは、まるで太古から世界を見守り、干渉してきた妖精、あるいはゴブリンであるかのように、人間の生に寄生しつつ、世界の運命を左右しようとしている。

彼らは森に棲むものたちだから、人間の街を直接支配はできないようだ。けれど、彼らが選んだ人間をパシヴァとレシヴァと化して、その走狗を通じて、人間の街を背後からあやつろうとしている。

その目的はどこにあるのか、描かれていないが、少なくとも、やみくろのように地底から地上世界を侵略しようとしたり、「羊」のように権力者にとりついて人間世界を支配しようとしたりというような、露骨な野望はなさそうだ。

あくまでリトルピープルは、人間の世界に寄生しつつ、森に都合のよいように街を役立てようとしているようにみえる。

その真の目的は、彼ら自身の野望のためというよりむしろ、世界全体の、ひいては宇宙の摂理に従っているようにみえる。

なにかしら、おおきなものからの声に従って、宇宙のバランスを保つために動いている、そんな印象を受ける。

つまり、古きよき時代を希求するファンタジーの世界を代表するのが、リトルピープルなのだ。

だから、リトルピープルに選ばれた傀儡たる深田保も、ふかえりも、そして天吾と青豆も、この世界と別の世界とを結び、そのバランスを保つ（文字通り「保」）ために、おおきなものの意志にしたがって動いていくように描かれている。

ファンタジー文学がそうであるように、『1Q84』も、よきものの世界を守るために主人公たちが闇の勢力と戦う物語だ。

善悪がさだかでない、という相対的な価値観が、現代社会の趨勢だとすると、1Q84世界は、善悪が明白だった古きよき黄金時代に近い世界となっている。

作者は、混迷を深めるこの時代に、ファンタジーを語り継ぐことで、未来への一筋の光を示そうとしているようにみえる。

その信じるところは、具体的な信仰や思想ではなく、人間の過去から受け継がれた、普遍的な理想、とでもいうべき、いわば光の信仰だと思える。

ハルキ作品の主人公たちは、つねに光と闇の相克を戦いつづけてきた。

おそらくは、『カラマーゾフ』の主人公たちが、闇の中をもがきながら、光をひたすら指向してきたように、ハルキの主人公たちも、闇に惹かれつつ、光を求めてもがき苦しみ、過酷な運命の戦いを進むのだろう。

だから、『1Q84』に続きがあるとしたら、天吾と青豆、そして生まれてくる子どもにとって、まだまだ戦いは続くだろう。

1Q84世界にあっては、主人公たちはみな、リトルピープルの走狗となってしまっている。だから、天吾にしても、青豆にしても、リトルピープルの操り糸から逃れることができるかどうか、が今後の戦いになるに違いない。そのためには、すでにリトルピープルの操り糸から脱したふかえりの存在が、鍵となるはずだ。

物語の中で、元々、ふかえりがリトルピープルに選ばれてパシヴァとなり、

その父深田保がレシヴァとされ、「さきがけ」が組織されて、人間世界への干渉が開始された。しかし、段階をへて、深田保の代わりに天吾がレシヴァに選ばれ、ふかえりの創った小説『空気さなぎ』が、リトルピープルの攻撃に対する人間たちへのワクチンとして散布されていく。天吾をレシヴァに選んだのは、反リトルピープルの立場に立ったふかえり個人の意志なのか、あるいはもっと大きなものの意志の具現なのか、まだ明らかにされていない。

そうして物語は、人間世界とリトルピープルの暗闘を、青豆の戦いという形で代理させた戦争へと進んで行く。

青豆は、天吾によって救われ、ふかえりは、今度はレシヴァの位置を天吾に譲って、自身は物語から退場する。

マザとしてのふかえりは、ドゥタとしての青豆2を残して世界から一旦去ったのだ。

そもそも、天吾自身が、保の子として生まれたドゥタであり、天吾の子を処女懐胎した青豆が生むのは、天吾の精子がふかえりを通じて青豆に受精したことで、保が転生するはずの、いわば保のうまれかわりなのだ。

マザとドゥタの関係は、分身であると同時に、一方が死んだあと、転生するための受け皿のような役割を担う。

この物語の人物は、ことごとく死と転生を繰り返す。保は、隠し子である天吾に、さらに生まれてくる青豆の子に転生する。牛河は、あらたに登場するはずの救世主に。青豆は、自殺したあと、青豆2に。女性警官あゆみは、看護士・安達クミに。おそらくは天吾の人妻の彼女も、すでに転生して出番を待っているだろう。

その意味で、『1Q84』は村上が嫌い抜いた三島由紀夫の遺作にきわめて近いものともいえる。

天吾は、無自覚なままレシヴァとなって、青豆をパシヴァとして実際に空気さなぎをつむいでしまう。父親のベッドの中に具現した空気さなぎから、ドゥタとして青豆2が生まれ、自殺したはずの青豆1の代わりに、現実に生まれ変わって、救世主たるべき子どもを処女懐胎する。

一方で、ふかえりによってレシヴァに選ばれた牛河は、自身の死とひきかえ

に、新たなドゥタを生む。
　転生に転生を重ねて、主人公たちは繰り返し、リトルピープルの傀儡として、また人間世界を守る戦士として、戦いを続ける。
　この物語は、大きなものの意志によって導かれた光と闇の勢力が、パシヴァとレシヴァ、マザとドゥタという転生のメカニズムを使って、世代をこえて戦いつづける、暴力的でありながら愛と勇気に満ちた、ファンタジーなのだ。
　つまり、「愛と勇気、死と転生」の物語ということなら、それはライトノベルでおなじみの設定だといえる。もちろん、SF小説でも、ファンタジー小説でも、エンターテイメント小説でもよい。広義の文学の中に、これらはふくまれるが、日本でいうところの純文学には、ふくまれていないジャンルの小説だ。
　ならば、『1Q84』は、日本では純文学ではなく、エンターテイメント小説なのだろうか？　世界中で、この小説が翻訳を待ち望まれ、発売前からイベントとなり、読後はプロから普通の読者までレビューが無数に書かれているというのに。
　日本の読者、あるいは文壇が間違っているだけで、『1Q84』はれっきとした文学作品なのだ。それも、世界的に読まれ、批評される立派な文学なのだ。
　ならば、ここにヒントがある。
　日本が生んだ一作家の書く日本語の小説が、かくも世界中で読まれるということは、日本にはまだまだ、世界で戦える力の源があるということだ。
　一方、『涼宮ハルヒ』シリーズについても、似たようなことがいえる。
　それは、『涼宮ハルヒ』に代表されるライトノベルとしても、アニメ作品としての『ハルヒ』であっても、どちらでもよい。
　『ハルヒ』に描かれた「愛と勇気」の物語は、世界で広く愛読され、視聴された。
　たとえ、それが限られたアニメファンの間だけだったとしても、国や民族、言語を超えて、広く愛される作品には、人類史的な普遍性があるはずだ。
　それは、たとえば、『ハリー・ポッター』のような友情と冒険の物語であっても、『ロミオとジュリエット』のような愛の物語であっても、中身は違って

も本質は同じだといえる。
　国境を越えて広く読まれ、視聴される物語には、人間の根源的な感情や思いを揺さぶるエッセンスが満ちている。
　『ハルヒ』も、そういう作品の一つなのだ。
　ノーベル文学賞候補としての Haruki Murakami の場合とは違って、谷川流の名は忘れられても、『ハルヒ』の名は、長く記憶されるだろう。
　『1Q84』も、『涼宮ハルヒの驚愕』も、3.11後のどん底に陥った日本を、力強く再生させるものを秘めている。
　今は意気消沈し、絶望的な気分にとらわれていても、日常の中に奇妙な非日常が垣間みえる不思議な世界を描いたこれらの物語を読み、そのもう一つの世界で愛と勇気を信じて生き抜こうとする魅力的なキャラクターたちの、死と再生の物語にひたるうち、きっとそれぞれの内心から再び生きる力が蘇ってくると信じたい。
　焦ってはいけない。
　心の奥深くまで傷を受けた人びとを、かりそめの希望や、おためごかしの元気付けで、目的のないやみくもな行動や労働に駆り立ててはいけない。
　ずっと、それぞれの悲しみや苦しみ、追憶や涙にひたっていてもかまわない。阪神・淡路大震災のとき、それでもよいのだということを、私たちは悟ったはずだ。
　なのに、世間はもうそれを忘れて、「前を向いて」などとけしかけながら、傷ついた人びとを無慈悲にむち打とうとしている。
　まだ、急がなくてよい。
　忙しい日常の中に、自然と埋没してしまうまで、感情や思いにひたっていてよいのだ。
　そうして、もし物語を読み、視聴することで自分の内心にもぐり、そこから浄化されて戻ってくることができるようになれば、それは人の心を真に癒す時間となるはずだ。
　『1Q84』や、『涼宮ハルヒ』が話題だということで、手に取ってみるだけでよい。

もしその物語が、その人の心に届かなければ、途中で投げ出したらよい。
でも、もし折に触れて、本や映画、アニメなどをながめる時間をつくることができたら、いつか、その人の心の奥にまっすぐ届く物語とめぐりあうだろう。
まるで『ノルウェイの森』の直子の目のように、また『ハルヒ』の長門の目のように、人の心の深いところにまっすぐ入り込み、その内心を揺さぶる物語と出会えたら、その人は物語の力で癒され、次のステップに進むための勇気が生まれてくるに違いない。
少なくとも、心を痛めた子どもたちには、ぜひ物語を読ませて、アニメやマンガをみせてあげてほしい。
それは、3.11後のテレビアニメや絵本、マンガをめぐる事実が証明している。
被災地で、子どもたちにまわし読みされた一冊の『少年ジャンプ』。
他の番組が繰り返し繰り返し襲い来る大津波や地震で倒壊する街の映像を流し続け、みる人をPTSDに追い込もうとしていたとき、テレビ東京系が普段通りに放映したアニメ番組が、どれほど子どもたちをほっとさせ、つらい現実や悲しい思いを一時でも忘れさせたことか。
全国から被災地に寄せられた絵本が、読み古されたものであっても、子どもたちの心を救ったのだ。
物語の力は、たとえば、演説の言葉のように、即効性があるわけではない。集まった大勢の人びとを鼓舞し、一つの目標にむかって団結させるようなものではない。
しかし、物語は、演説の言葉が忘れられ、一つのイデオロギーがすたれて、人々がまったく異なる思想を信じるようになっても、常に普遍的な「愛と勇気」の力を、人びとに思い起こさせる。
物語は、それぞれの人が心に秘めた思いや感情を、そっと包み込んで、人間が一番大切にしたがっているそれぞれの古い記憶を、いきいきと蘇らせることができる。
どんなことがあっても、物語の力で、人はいつか再生し、死を乗り越えて、

再び生に向かうことができるだろう。
　愛と勇気、死と再生の物語を紡ぐ作家の作品は、国境を越え、時代を超えて、繰り返し読まれ、視聴されるだろう。
　それが『1Q84』であり、『涼宮ハルヒ』であるかどうかは、時間が証明してくれる。
　日本から生まれたこれらの物語が、世界で長く愛され、読み継がれていくとすれば、それだけでも大きな救いだと、私には思えるのだ。

終章

震災後もなお、ジャパニメーションと村上春樹作品が世界で享受されること

　3.11後の日本を考えるとき、阪神・淡路大震災後の二人の作家の作品が、やがて世界的に評価され、国境を越えて愛されるようになった奇妙な符合に注目したい。

　村上春樹の場合、1995年以前の作品としては、『ねじまき鳥クロニクル』がその代表格といえるが、おそらく、『ねじまき鳥クロニクル』の時点では、作者は歴史の謎をときあかすエンターテイメント路線と、井戸の底に文字通りもぐることで心理の奥深く潜行する心理学的アプローチとの折衷で、作品の進め方を迷わせていたようにみえる。

　しかし、震災後、故郷芦屋をはじめ阪神間の被害の大きさと、実家が被災したことから、ボランティアで被災地での朗読会をやるなど、以前には考えられなかったようなコミットメントの姿勢をとることになった。その路線転換が、そのままノンフィクション『アンダーグラウンド』を生み、これまでかたくなに現実社会との接点を拒んできた作者に、現実社会を物語として描く方向をとらせることになった。

　それは、手法としては、パラレルワールドや幻想小説風となり、『海辺のカフカ』が生まれた。

　この小説は、『世界の終りとハードボイルド・ワンダーランド』に似て、実はまったく異なる、それ以上の次元に達した作品である。

　また、のちの『1Q84』と比べても、完成度の高さは、『海辺のカフカ』の方

に軍配が上がる。
　だから、『海辺のカフカ』の作者が、いよいよノーベル文学賞候補になったことは、偶然ではない。
　欧米での『海辺のカフカ』受容は、もちろん、フランツ・カフカの影響の大きさと、カフカ賞の受賞によるところが大きい。
　だが、日本では、『海辺のカフカ』のような小難しい上に長い小説が、あれほど売れて、しかも読まれていることは、非常に珍しいといえる。おまけに、版元の戦略だとはいえ、ネット上のフォーラムが盛況を呈して、そのフォーラムがまるごと本になってしまうというのは、まさしく今のネット社会の興隆ぶりを先取りした、先見性の高さだったといえる。
　だが、日本では、そのわりに、『海辺のカフカ』は誤読されている。
　この小説は、『世界の終りとハードボイルド・ワンダーランド』をこえて、村上文学の最高傑作といえる。
　『1Q84』でさえ、『海辺のカフカ』の完成度には及ばないだろう。
　その理由は、ジョニーウォーカーとカーネルサンダースの創造にある。
　いうまでもなく、この二人（ふたつ）は、実在の企業の商品、商標だ。
　それなのに、小説の中で、この二人は、別世界とこの世界を行き来し、世界の構造を左右しかねない、不思議な妖精的な存在でもある。
　この二人は、『1Q84』においてはリトルピープルとなって描かれているが、リトルピープルのイメージが、いかにも昔ながらの妖精、ゴブリン的な存在であり、よりファンタジーに近いのに対して、『海辺のカフカ』においては、かつてファンタジーや神話の中でこの世界と別世界の橋渡し役を担っていた妖精、ゴブリンたちを、現代社会の実在する商標の姿で登場させるという離れ業をやってのけた。
　つまり、現代社会においての神話、ファンタジーの描き方に革命的な変革をもたらしたのだ、といえる。
　なぜなら、『1Q84』のように直接描写で妖精を描いている限り、この小説はあくまでSF、ファンタジーであり、いくらパラレルワールド的な世界観を解説しても、小説の冒頭で別世界に移行した時点で、すでにリアルズムから離れ

てしまっている。もちろん、ファンタジーとして読めばなんら問題はないのだが、リアリズム小説を愛好する読者であれば、冒頭からこの小説を受容しにくくなるだろう。

　それに対して、『海辺のカフカ』は、小説としてはるかに次元が高く、射程が長い。

　つまり、外見上はリアリズムの、しかも基本的には一人称の視点で描かれる伝統的な小説の体裁をとりながら、その中身は、パラレルワールドの世界観によって組み立てられ、幻想小説の手法で深層心理に触手を伸ばして、さらに実在する商標の姿をとった異世界人を狂言回しにすることで、現実世界と異世界、異次元をすべて同じ目線で描くことを、実に巧みに実現している。

　もちろん、リアリズムを好む読者にとっては、商標が人格をもって喋り出す時点で、疑問は抱くだろう。しかし、そのぐらいの逸脱は、すでに過去の文芸小説でいくらでも書かれている幻想的な手法だから、許容範囲だといえる。

　あくまで、象徴的な描写なのだと納得することもできるだろう。

　けれど、SF的、ファンタジー的には、明らかにジョニーウォーカーは異世界からの侵略者であり、カーネルは、異世界からの守護者である。

　ここで、『涼宮ハルヒ』の場合と重ね合わせてみたい。

　『海辺のカフカ』におけるジョニーウォーカーやカーネル、そして猫と話のできるナカタさんは、もちろん、ハルヒをとりまく異星人、未来人、超能力者に該当し、ハルヒは、この世界を再創造する力をもった、人間にして女神のようなヒロインだ。

　カフカ少年と佐伯さんの場合は、歌の力で世界を再創造する可能性に挑戦する。キョンとハルヒは、SOS団という部活を通じて、世界をあるべき姿に変えていこうとしているようにみえる。

　『海辺のカフカ』が書かれたのと並行して、『ハルヒ』は誕生した。

　その創作の原点には、作者の学生生活と、震災によって失われた故郷の姿がある。

　『海辺のカフカ』にもやはり、震災によって変えられた故郷の、荒廃した姿が垣間みえる。

そうして、二つの作品に共有されている風景は、それぞれの故郷でもある阪神間の風景だ。

それは甲山という具体的な風景に代表されて、『カフカ』世界と『ハルヒ』世界を結びつけている。

『海辺のカフカ』におけるネット上のひろがりと、二次創作の可能性は、のちの『ハルヒ』のネット展開と二次創作を先取りしている。

だから、もはや『1Q84』の場合は、二次創作的読まれ方が前提となっている。

3.11の直後、津波の映像は繰り返し世界中に流れ、拡散した。そのため、『崖の上のポニョ』がまず放映できなくなったし、放射能を描いたSF作品も、注意書きが提示されるようになった。その一方、震災後のニュース報道番組一色のTVで、テレビ東京系がアニメを通常通り放映したとき、子どもたちがどれほど喜び、安心したか、計り知れない。その放映へのクレームもあったが、実際の子どもたちや子育て中の親たちの声をきくとき、「不謹慎」という自粛の姿勢の不自然さが浮き彫りになった。

たとえば、アニメ作品への自粛圧力には、《原発ジョークで放送中止　燃料棒を道端に捨てるなど…人気アニメ『ザ・シンプソンズ』スイス、オーストリアで》というニュースの例まであった。

これなど、さすがに、大震災と津波の描写を自粛する場合とは、わけが違うのでは？と疑問だった。

> 日本の原子力発電所の事故を受け、スイスとオーストリアが人気アニメ「ザ・シンプソンズ」のストーリーに含まれる原子力発電所のトラブルを取り上げたエピソードなどの放送をキャンセルした。同アニメでは、父親のホーマーが原子力発電所に勤務している設定になっており、仕事中に居眠りをしたり、燃料棒を道端に捨てたりと、風刺することで原子力発電の危険性を取り上げている。
>
> （『シネマトゥデイ映画ニュース』2011年3月26日）

また、同じく、《オーストリアは、キューリー夫人が放射能中毒で亡くなるエピソードの放送をキャンセルしたほか、炉心溶融のジョークがセリフに含まれていたエピソードの放送を取りやめ、スイス、オーストリアの両国のテレビ

局は、今後も内容を詳しくチェックしてから放送をするとハリウッド・レポーターは報じている。》（同ニュース）のだそうだ。
　もちろん、その趣旨はわかる。
　ただ、今回の震災の被災者への配慮として津波のシーンをカットするなど、天災としての地震、津波の描写を放映しないこととは違って、原発事故についての描写をカットするのは、はたして必要な気遣いなのだろうか？　という疑問がわいてくるのである。
　避けようのない天災の場合とは違って、今回の原発事故は、明らかに人災であり、ならば、むしろ徹底的に批判的に世間が厳しい視線を注ぐ方が、現状の事故を収拾するためにも、今後の事故を防ぐためにも、よいのではないだろうか。
　原発事故について、表現を自主規制することは、逆に被災者への心遣いという建前で、人災である事故の真相を隠蔽することにつながりかねないと考える。
　もちろん、あまりに露骨な被害の描写などを、公共の電波で配信することは、慎むべきだろう。しかし、原発事故を笑いにするなどの、ある意味辛辣な姿勢が、今後もっと必要になるというように考えている。
　当然ながら、その場合も、被害者への配慮というのは十分なされるべきだが。
　ついでながら、昔、アニメ映画『風が吹くとき』を観た時、「実際の核戦争の被害は、こんなもんじゃない」と嘲笑した覚えがある。しかし、いまにして思うと、無知なままでじわじわと放射能の犠牲になっていく老夫婦の姿は、現在の日本国民の姿そのものだ。政府の公式見解だけを信じて、日常を過ごしているうちに、じわじわと放射能で被ばくしていくという、身の毛もよだつシナリオが、現実になりつつあるように思う。
　実際のところ、震災後の日本に必要なのは、被災地の復旧、復興への一刻も早い実践と、原発事故の終息への具体的な行動、そして経済的な裏付けを作り出すことだろう。
　しかし、それだけでは足りないことは、すでに阪神・淡路大震災のとき、明

らかになっている。

　大きな悲劇の後、まず生活に必要な物がひとまず確保されたあとは、人の心を巨大な喪失感が襲う。それは、災害の直接的な被災者だけでなく、その災害を共時的に体験したすべての人にあてはまることだ。

　そのことは、かつて9.11のときにも、遠く離れた日本で、多くの人が喪失感を味わった例や、阪神・淡路大震災の悲惨な状況が、地球の裏側の国でも共感をもって受け止められた例にみられる。地下鉄サリン事件も、やはりそうだった。

　そのように、カタストロフィ体験を共有した人々は、情況が一段落すると、緊張感の反動で、心のバランスを大きく崩すことになる。そのとき必要になるのが、「喪の作業」だ。

　これは、野田正彰の著作『喪の途上にて―大事故遺族の悲哀の研究』（岩波書店　1992年）にもあるように、悲しみの感情を追体験しつづけ、その物語を語り、それを聴くことで、時間とともに癒していくしかない。

　「喪の作業」には、近道はない。

　今回の3.11後の、喪の作業は、まだ始まったばかりだが、現状への具体的な取り組みとは別に、人びとが心の平衡を回復するために、おそらくは長い期間にわたって、過去を物語ることが必要になるだろう。

　それは、単なるノスタルジーではない。むしろノスタルジーが積極的に求められることになるだろう。

　かけがえのない日常を美化した物語が、これから語られていくに違いないし、すでにそれは始まっている。

　いまのところ、大きな動きではないが、泣ける物語、の需要は高まっているし、他愛のないアクションもの、恋愛もの、そして親子愛、家族愛の物語が求められている。

　なにより、芦田愛菜ブームに代表される子役のクローズアップは、多くの人びとが、子どもへの愛情表現を代替したがっていることの顕われだろう。

　3.11後、心のバランスを崩した日本人の多くは、殺伐とした現実の毎日の繰り返しから、ほんのひととき、逃避する必要があるのだ。

『ハルヒ』の物語は、阪神・淡路大震災の来なかった世界を描いたものだ。その失われた懐かしい場所と、二度と戻らない時間への郷愁は、観るものの心の平衡を回復させる。
　春樹の物語も、こことは違う別の世界で、ありえた理想の人生を読者に追体験させる。『1Q84』では、かなわなかった初恋は成就し、であえなかった理想の相手とめぐりあう体験を、味わうことができる。親子は和解し、夫婦は許し合う。
　『ハルヒ』の場合も、春樹作品の場合も、パラレルワールドでもう一つの、理想の時間を体験したあと、それでも元の現実に回帰するとき、鑑賞者は、失われたなにげない現実の時間を、取り戻したいと願うだろう。その思いは、目の前の現実に、果敢にたちむかう力を与えてくれるはずだ。
　なぜなら、巨大な悲劇に圧倒されて、見失ってしまった大切な気持ちや、心の栄養を、思いだすことができるからだ。もう一度、その大事ななにかを取り戻すことが、生きる目的になりうるからだ。
　だから、今はなにもできなくても、黙ってすわって、村上作品を読み、ハルヒをみていてもよいのだ。
　あるいは、アニメ『日常』をみて、他愛ないギャグに笑っていてもいい。
　そのうち、心が回復するにつれて、徐々に、立ち上がる気力が戻ってくるだろう。
　そういう作用が、読書や映画鑑賞には、確かにある。
　子どもたちにも、大人たちにも、ゆっくりと物語にひたり、泣いたり笑ったりする時間がいまこそ必要なのだ。
　「不謹慎」という名の自粛圧力を、そろそろはねのけるべき時だ。
　やがて、悲劇を物語るときがくるだろうし、そのときには、本当につらい思いを追体験することになる。だから、いまは表面的な物語に時間を忘れていてもよいのだ。

参考文献・参考 AV 資料

【参考書籍】
①一般書籍
東浩紀著『クォンタム・ファミリーズ』新潮社　2009
東浩紀ほか著『思想地図β vol.2 震災以後』合同会社コンテクチュアズ　2011
池井戸潤著『下町ロケット』小学館　2010
宇野常寛著『リトル・ピープルの時代』幻冬舎　2011
浦澄彬著『村上春樹を歩く』彩流社　2000
岡田斗司夫著『遺言』筑摩書房　2010
菊地秀行著『吸血鬼ハンター D』朝日ソノラマ　1983
小松左京著『日本アパッチ族』小松左京全集完全版　第 1 巻城西国際大学出版会　2006
──『復活の日』小松左京全集完全版　第 2 巻　城西国際大学出版会
──『日本沈没』小松左京全集完全版　第 5 巻　城西国際大学出版会
──『首都消失』小松左京全集完全版　第 9 巻　城西国際大学出版会
──『虚無回廊』小松左京全集完全版　第 10 巻　城西国際大学出版会
──『地に平和を』小松左京全集完全版　第 11 巻　城西国際大学出版会
コンプティークほか著『オフィシャルファンブック涼宮ハルヒの公式』角川書店　2006
斎藤環著『戦闘美少女の精神分析』太田出版　2000
司馬遼太郎著『燃えよ剣』司馬遼太郎全集第 9 巻　文藝春秋　1972
高千穂遙著『連帯惑星ピザンの危機（クラッシャージョウ1）』早川書房　2008
高橋弥七郎著　いとうのいぢイラスト『灼眼のシャナ』メディアワークス　2002
谷川流著　いとうのいぢイラスト『涼宮ハルヒの憂鬱』角川書店　2003
──『涼宮ハルヒの溜息』角川書店　2003
──『涼宮ハルヒの退屈』角川書店　2003
──『涼宮ハルヒの消失』角川書店　2004
──『涼宮ハルヒの暴走』角川書店　2004
──『涼宮ハルヒの動揺』角川書店　2005
──『涼宮ハルヒの陰謀』角川書店　2005
──『涼宮ハルヒの憤慨』角川書店　2006
──『涼宮ハルヒの分裂』角川書店　2007
──『涼宮ハルヒの驚愕』角川書店　2011
谷川流著　G・むにょイラスト『絶望系　閉じられた世界』メディアワークス　2005

谷川流著　後藤なおイラスト『電撃!!イージス5』メディアワークス　2004
スニーカー文庫編集部編『OFFICIAL FANBOOK 涼宮ハルヒの観測』角川書店　2011
筒井康隆著『家族八景』筒井康隆全集　第11巻　新潮社　1984
──『七瀬ふたたび』筒井康隆全集　第17巻　新潮社　1984
──『エディプスの恋人』筒井康隆全集　第19巻　新潮社　1984
手塚悦子著『手塚治虫の知られざる天才人生』講談社　1999
手塚治虫著『手塚治虫大全3』　光文社　2008
夏目漱石著『三四郎』夏目漱石全集5　筑摩書房　1988
野田正彰著『喪の途上にて──大事故遺族の悲哀の研究』岩波書店　1992
平井和正著『幻魔大戦』第1巻　角川書店　1979
──『狼の紋章』角川書店　1982
東野圭吾著『パラレルワールド・ラブストーリー』講談社　1998
三島由紀夫著『春の雪　奔馬』決定版三島由紀夫全集　第13巻　新潮社　2001
三原龍太郎著『ハルヒ in USA 日本アニメ国際化の研究』NTT出版　2010
村上春樹著『村上朝日堂の逆襲』新潮社　1989
村上春樹著『風の歌を聴け　1973年のピンボール』村上春樹全作品 1979〜1989　第1巻　講談社　1990
──『羊をめぐる冒険』村上春樹全作品 1979〜1989　第2巻　講談社　1990
──『世界の終りとハードボイルド・ワンダーランド』村上春樹全作品 1979〜1989　第4巻　講談社　1990
──『5月の海岸線』村上春樹全作品 1979〜1989　第5巻　講談社　1990
──『ノルウェイの森』村上春樹全作品 1979〜1989　第6巻　講談社　1990
──『ダンス・ダンス・ダンス』村上春樹全作品 1979〜1989　第7巻　講談社　1990
──『国境の南、太陽の西』村上春樹全作品 1990〜2000　第2巻　講談社 2003
──『ねじまき鳥クロニクル』村上春樹全作品 1990〜2000　第4巻　講談社 2003
──『アンダーグラウンド』村上春樹全作品 1990〜2000　第6巻　講談社 2003
──『海辺のカフカ』上下　新潮社　2002
──『1Q84』BOOK 1　新潮社 2009
──『1Q84』BOOK 2　新潮社 2009
──『1Q84』BOOK 3　新潮社 2010
村上春樹・川本三郎著『映画をめぐる冒険』講談社　1985
村上龍著『ラブ&ポップ──トパーズ〈2〉』幻冬舎　1996
宮本輝著『花の降る午後』宮本輝全集第8巻　新潮社　1992
平中悠一著『She's Rain（シーズ・レイン）』河出書房新社　1990
竜騎士07著　ともひイラスト『ひぐらしのなく頃に第1話鬼隠し編上』講談社　2007

②古典作品
柳井滋ほか著　『源氏物語（1）（新日本古典文学大系）』岩波書店　1993
堀内秀晃ほか著　『竹取物語　伊勢物語（新日本古典文学大系）』岩波書店　1997
大槻修著『堤中納言物語　とりかへばや物語（新日本古典文学大系）』岩波書店　1992

③海外小説等
グレッグ・イーガン著　山岸真訳『万物理論』東京創元社　2004
ウィリアム・シェイクスピア著　小田島雄志訳『ロミオとジュリエット』シェイクスピア全集
　　第10巻　白水社　1983
レイモンド・チャンドラー著　清水俊二訳『長いお別れ』早川書房　1976
レイモンド・チャンドラー著　村上春樹訳『ロング・グッドバイ』早川書房　2007
フィリップ・K・ディック著　浅倉久志訳『アンドロイドは電気羊の夢を見るか?』早川書房
　　1977
コナン・ドイル著　延原謙訳『シャーロック・ホームズの冒険』新潮社　1953
ドストエフスキー著　原卓也訳『カラマーゾフの兄弟』上　新潮社　1978
ドストエフスキー著　工藤精一郎訳『罪と罰』新潮社　1987
P.L. トラヴァーズ著　林容吉訳『風にのってきたメアリー・ポピンズ』岩波書店　2000
ウラジミール・ナボコフ著　若島正訳『ロリータ』新潮社　2006
スコット・フィッツジェラルド著　村上春樹訳『グレート・ギャツビー』中央公論新社　2006
ルーシー・モード・モンゴメリ著　村岡花子訳『赤毛のアン』新潮社　2008
ヴィリエ・ド・リラダン著　斎藤磯雄訳『未来のイブ』東京創元社　1996
C.S. ルイス著　瀬田貞二訳『ライオンと魔女―ナルニア国ものがたり1』岩波書店　2000
J.K. ローリング著　松岡佑子訳『ハリー・ポッターと死の秘宝　ハリー・ポッターシリーズ
　　第七巻』静山社　2008

【コミックス】
士郎正宗作『甲殻機動隊』講談社　1991
高橋留美子作『うる星やつら』全18巻　小学館　1998
ツガノガク著　谷川流著　いとうのいぢ著『涼宮ハルヒの憂鬱』第1巻（カドカワコミックス
　　Aエース）　角川書店　2006
手塚治虫作『陽だまりの樹（1）』手塚治虫漫画全集　講談社　1993
――『海のトリトン（1）』手塚治虫漫画全集　講談社　1979
――『リボンの騎士（1）』手塚治虫漫画全集　講談社　1977
鳥山明作『ドラゴンボール完全版（1）』ジャンプコミックス集英社　2002
美水かがみ作『らき☆すた』角川書店　2011

藤子・F・不二雄作『オバケのQ太郎1』藤子・F・不二雄大全集　小学館　2009
――『ドラえもん1』藤子・F・不二雄大全集　小学館　2009

【映画、アニメ等　映像作品】
①実写映画
『ALWAYS 三丁目の夕日』豪華版　吉岡秀隆（出演）　山崎貴（監督）　形式：DVD　販売元：バップ　2006
『華麗なる一族』　佐分利信（出演）　山本薩夫（監督）　形式：DVD　販売元：東宝　2004
『シーズ・レイン』　小松千春（出演）　白羽弥仁（監督）　形式：VHS　販売元：東映ビデオ　1993
『地獄の黙示録特別完全版』　出演：マーロン・ブランド　監督　フランシス・F・コッポラ　形式：DVD　販売元：ジェネオンエンタテインメント　2002
『バック・トゥ・ザ・フューチャー』25th アニバーサリー Blu-ray BOX　マイケル・J・フォックス（出演）　ロバート・ゼメキス（監督）　形式：Blu-ray　販売元：ジェネオン・ユニバーサル　2010
『花の降る午後』　古手川祐子（出演）　大森一樹（監督）　形式：VHS　販売元：バンダイメディア事業部　1990
『100％の女の子　パン屋襲撃』出演：室井滋　監督：山川直人　形式：DVD　販売元：J.V.D.　2001
『ブラック・レイン』デジタル・リマスター版ジャパン・スペシャル・コレクターズ・エディション】　マイケル・ダグラス（出演）　リドリー・スコット（監督）　形式：Blu-ray　販売元：パラマウントホームエンタテインメントジャパン　2010
『ブレードランナーファイナル・カット（2枚組）』　ハリソン・フォード（出演）　リドリー・スコット（監督）　形式：Blu-ray　販売元：ワーナー・ホーム・ビデオ　2008
『ラブ＆ポップ』特別版　三輪明日美（出演）　庵野秀明（監督）　形式：DVD　販売元：キングレコード　2000
『私の優しくない先輩』【完全生産限定版】　川島海荷（出演）　山本寛（監督）　形式：DVD　販売元：アニプレックス　2011

②アニメ映画
『うる星やつら2　ビューティフル・ドリーマー』　平野文（出演）　押井守（監督）　形式：DVD　販売元：東宝ビデオ　2002
『崖の上のポニョ』　宮崎駿（監督）　形式：DVD　販売元：ウォルトディズニースタジオホームエンターテイメント　2009
『風が吹くとき』　デジタルリマスター版　森繁久彌（出演）　ジミー・T・ムラカミ（監督）、大島渚（監督）　形式：DVD　販売元：video maker (VC/DAS) (D)　2009
『借りぐらしのアリエッティ』　米林宏昌（監督）　形式：DVD　販売元：スタジオジブリ　2011

『劇場版ポケットモンスターベストウイッシュ「ビクティニと黒き英雄ゼクロム」「ビクティニと白き英雄レシラム」』松本梨香（出演）湯山邦彦（監督）形式：DVD　販売元：メディアファクトリー　2011

『幻魔大戦』古谷徹（出演）りんたろう（監督）形式：DVD　販売元：アトラス　2003

『涼宮ハルヒの消失』限定版　平野綾（出演）石原立也（監督）形式：Blu-ray　販売元：角川映画　2010

『時をかける少女』限定版　仲里依紗（出演）細田守（監督）形式：DVD　販売元：角川エンタテインメント　2007

『となりのトトロ』宮崎駿（監督）形式：DVD　販売元：ブエナ・ビスタ・ホーム・エンターテイメント　2001

『東のエデン劇場版 II Paradise Lost 』Blu-ray プレミアム・エディション【初回限定生産】木村良平（出演）神山健治（監督）形式：Blu-ray　販売元：角川映画　2010

『火垂るの墓』完全保存版　高畑勲（監督）形式：DVD　販売元：ウォルトディズニースタジオホームエンターテイメント　2008

『耳をすませば』近藤喜文（監督）形式：DVD　販売元：ブエナ・ビスタ・ホーム・エンターテイメント　2002

映画『コクリコ坂から』スタジオジブリ　宮崎吾朗（監督）2011　日本　東宝　※ディスク未発売

③テレビアニメ

『アルプスの少女ハイジ』リマスター DVD-BOX　杉山佳寿子（出演）演出：高畑勲（監督）形式：DVD　販売元：バンダイビジュアル　2010

『海のトリトン』DVD-BOX　塩屋翼（出演）形式：DVD　販売元：パイオニア LDC　2001

『テレビ版オバケのQ太郎 1～30』（全30巻）（全巻セットビデオ）制作年　1985年　収録時間 1800分　制作日本　1980年代　メーカー東宝　品番 SA4713R

『科学忍者隊ガッチャマン』COMPLETE DVD BOX　森功至（出演）形式：DVD　販売元：コロムビアミュージックエンタテインメント　2003

『けいおん！1』豊崎愛生（出演）山田尚子（監督）形式：DVD　販売元：ポニーキャニオン　2009

『攻殻機動隊 STAND ALONE COMPLEX DVD-BOX（初回限定生産）』田中敦子（出演）形式：DVD　販売元：バンダイビジュアル　2007

『新世紀エヴァンゲリオン Volume 1』緒方恵美（出演）庵野秀明（監督）形式：DVD　販売元：キングレコード　1997

『涼宮ハルヒの憂鬱』ブルーレイコンプリート BOX（初回限定生産）平野綾（出演）形式：Blu-ray　販売元：角川映画　2010

『ダンタリアンの書架通常版　第1巻』沢城みゆき（出演）　上村泰（監督）　形式：DVD　販売元：角川書店　2011

『超時空要塞マクロス Vol.1』飯島真理（出演）　形式：DVD　販売元：バンダイビジュアル　2001

『TV版 NEW ドラえもん春のおはなし 2008』水田わさび（出演）　形式：DVD　販売元：ポニーキャニオン　2009

『DRAGON BALL Z DVD BOX DRAGON BOX VOL.1』野沢雅子（出演）　形式：DVD　販売元：ポニーキャニオン　2003

『日常のブルーレイ特装版第1巻』本多真梨子（出演）　石原立也（監督）　形式：Blu-ray　販売元：角川書店　2011

『ふしぎの海のナディア』Blu-ray BOX【完全生産限定版】鷹森淑乃（出演）　庵野秀明（監督）　形式：Blu-ray　販売元：キングレコード　2011

『ポケットモンスター　ダイヤモンド・パール2008』第1巻　形式：DVD　発売元：株式会社小学館　販売元：株式会社メディアファクトリー　2008

『らき☆すた1』限定版　山本寛（監督）　形式：DVD　販売元：角川エンタテインメント　2007

『LUPIN THE THIRD first tv.』DVD-BOX　山田康雄（出演）　形式：DVD　販売元：バップ　2001

④ OVA

『王立宇宙軍〜オネアミスの翼〜』森本レオ（出演）　山賀博之（監督）　形式:DVD　販売元：バンダイビジュアル　1999

『トップをねらえ！Vol.1』日高のり子（出演）　庵野秀明（監督）　形式：DVD　販売元：バンダイビジュアル　2000

⑤ 特撮

『DVD ウルトラセブンコレクターズBOX 』（初回限定生産）　中山昭二（出演）　形式：DVD　販売元：ハピネット・ピクチャーズ　2004

【楽曲】

チャイコフスキー作曲『交響曲第4番』小澤征爾　指揮　パリ管弦楽団　CD　EMIミュージック・ジャパン　2003

『ベートーヴェン　ピアノ三重奏曲第7番「大公」＆シューベルト　ピアノ三重奏曲第1番』演奏：ルービンシュタイン（アルトゥール）、ハイフェッツ（ヤッシャ）、フォイアマン（エマニュエル）　CD　BMGインターナショナル　2000

ラヴェル作曲『ダフニスとクロエ』シャルル・デュトワ指揮　モントリオール交響楽団　CD　ポリドール　1994

シリーズ監修者

杉田　米行（すぎた　よねゆき）　大阪大学言語文化研究科准教授

著者紹介

土居　豊（どい　ゆたか）

　　1967 年　大阪府生まれ
　　1989 年　大阪芸術大学卒業
　　2000 年　関西文学選奨奨励賞受賞
　　2005 年　音楽小説『トリオ・ソナタ』で小説家デビュー
　　　　　　園田学園女子大学講師、はびきの市民大学講師、西宮市
　　　　　　文化振興財団・西宮文学案内担当講師等経て、
　現　在　作家、文芸レクチャラー、東京ライターズバンクSFG会
　　　　　員、ブザン教育協会認定マインドマップ学習コーチ
　　　　　　主な研究領域は、村上春樹研究、司馬遼太郎研究、アニ
　　　　　　メ・マンガ研究

　　主な論文・著書
　　　　音楽小説『トリオ・ソナタ』2005 年　図書新聞
　　　　評論『「坂の上の雲」を読み解く！〜これで全部わかる　秋山兄
　　　　弟と正岡子規』2009 年　講談社
　　　　評論『村上春樹のエロス』2010 年　KKロングセラーズ

ASシリーズ第 5 巻

ハルキとハルヒ
―村上春樹と涼宮ハルヒを解読する―

2012 年 4 月 30 日　初版第 1 刷発行

■著　　者――土居　豊
■発 行 者――佐藤　守
■発 行 所――株式会社　大学教育出版
　　　　　　　〒700-0953　岡山市南区西市 855-4
　　　　　　　電話（086）244-1268　FAX（086）246-0294
■印刷製本――サンコー印刷㈱

© Yutaka Doi 2012, Printed in Japan
検印省略　　落丁・乱丁本はお取り替えいたします。
本書のコピー・スキャン・デジタル化等の無断複製は著作権法上での例外を除き禁じられています。本書を代行業者等の第三者に依頼してスキャンやデジタル化することは、たとえ個人や家庭内での利用でも著作権法違反です。
ISBN978-4-86429-127-9